# LOS PICHICIEGOS

LARGO RECORRIDO, 7

# Fogwill
# LOS PICHICIEGOS

**EDITORIAL PERIFÉRICA**

PRIMERA EDICIÓN: marzo de 2010

© Fogwill, 1983, 2010
© de esta edición, Editorial Periférica, 2010
Apartado de Correos 293. Cáceres 10001
info@editorialperiferica.com
www.editorialperiferica.com

ISBN: 978-84-92865-10-9
DEPÓSITO LEGAL: CC-283-2010
IMPRESO EN ESPAÑA – PRINTED IN SPAIN

# LOS PICHICIEGOS

*A mis hijos Andrés, Vera, Francisco, José y Pilar Fogwill,*
*que habitan otra tierra, otra lengua.*

PRIMERA PARTE

Que no era así, le pareció. No amarilla, como crema; más pegajosa que la crema. Pegajosa, pastosa. Se pega por la ropa, cruza la boca de los gabanes, pasa los borceguíes, pringa las medias. Entre los dedos, fría, se la siente después.

–¡Presente! –dijo una voz abotagada.

–Pasa –respondió. No «pasá» sino «pasa». Así debían decir.

Entonces la voz de afuera dijo «calor», y haciendo ruido rodó hacia él un muchacho enchastrado de barro.

–No hace frío –habló el llegado–, pero habría que apuntalar algo más el durmiente...

–Después se hará –le dijo, mientras sentía que el otro se acomodaba enfrente, embarrado, húmedo, respirando de a saltos.

Imaginaba la nieve blanca, liviana, bajando en línea recta hacia el suelo y apoyándose luego sobre el suelo hasta taparlo con un manto blanco de nieve. Pero esa nieve ahí, amarilla, no caía: corría horizontal por el viento, se pegaba a las cosas, se arrastraba después por el suelo y entre los pastos para chupar el polvillo de la tierra; se hacía marrón, se volvía barro. Y a eso llamaban nieve cuando decían que los accesos tenían nieve. Nieve: barro pesado, helado, frío y pegajoso.

En su pueblo, dos veces que nevó, él estaba durmiendo, y cuando despertó y pudo mirar por la ventana la nieve ya estaba derretida. En el televisor la nieve es blanca. Cubre todo. Allí la gente esquía y patina sobre la nieve. Y la nieve no se hunde ni se hace barro ni atraviesa la ropa, y tiene trineos con campanillas y hasta flores. Afuera no: en la peña una oveja, un jeep y varios muchachos se habían desbarrancado por culpa de la nieve jabonosa y marrón. Y no había flores ni árboles ni música. Nada más viento y frío tenían afuera.

–¿Sigue nevando? –quiso saber.

En el oscuro sintió que el llegado sacudía la cabeza. Insistió:

–¿Sigue o no sigue?

–No. Ya no más –respondió la voz con desgano, con sueño.

Ahora que lo sentía responder reconoció que el otro había movido la cabeza para los lados. La cabeza o el casco, eso seguía moviéndose. Después la cara se le iluminó, rojiza: pitaba un cigarrillo que olía como los Jockey blancos argentinos.

–¡Pasá una seca! –pidió, pero por tanto tiempo sin hablar la voz le había salido resquebrajada.

–¿Qué? –quería entender el llegado.

–¡Una seca! ¡Una pitada! –ordenó.

La lucecita colorada se fue acercando mientras el otro asentía diciendo:

–¡Buen...!

Tomó la lucecita con cuidado. Sin guantes, sus dedos duros apretaron primero las uñas del otro, y desde ellas fueron resbalando hasta el filtro. Era un Jockey, reconoció en su boca. Pitó dos veces y dos veces lo colorado se hizo ancho, calentándole la cara.

–¡Che! ¡Una pediste! –protestaba la voz.

–Ya está –dijo él y devolvió el cigarrillo que con la brasa crecida cruzando el aire negro parecía un bicho volador que alumbraba.

–¿No es que había mucho cigarrillo? –seguía con la protesta el otro, pitando.

15

–Haber hay –dijo él–. ¡Pero ahorremos!
–¿Cuánto hay?
–Como cuarenta cajas: un cajón casi.
–¡Son como cuatrocientos atados...! –se admi-
raba el otro echándole más humo.
–Sí –dijo él. No sentía ganas de calcular.
–¿Y cuántos somos? –preguntó.
–Ahora veintiséis, o veintisiete –dijo él.
–¡Es mucho!
–¿Mucho qué?
–La gente –dijo el otro, y convidó–: ¿Querés el fin?
–Sí –dijo él y recogió la lucecita del aire y pitó
hasta sentir la mezcla del humo de tabaco con el
gusto a cartón y plástico del filtro que se quemaba.
Lo apagó en el suelo. Dijo:
–Se terminó...
El otro hablaba. Quería saber:
–¿Quién cuida los cigarrillos...?
–Uno, Pipo Pescador.
–¿Pipo? ¿Y sirve ése?
–No sé –dijo él. Estuvo a punto de opinar, pero
no sabía quién era el llegado. Buscó la linterna. Pal-
pó la tierra dura, el bolso con pistolas, luego barro,
luego un trapo de limpiar y más barro y después
tocó la caja de herramientas; allí metió los dedos hasta
encontrar la linterna chica de plástico. Alumbró el

piso. Con el reflejo de la luz reconoció la cara del que hablaba. Era un porteño, Luciani.

–Sos Luciani –dijo.

–Sí, ¿por qué?

–Quise saber, ¿sabés las cuentas bien vos?

El otro dijo sí y él preguntó:

–¿Cuánto hay? Son cuarenta cajas largas enteras.

–Ya te lo calculé –hablaba Luciani–, son cuatrocientos atados de veinte. Si fuéramos veinte tendría que haber veinte paquetes para cada uno. ¿Todos fuman?

–No. Todos no.

–Y ha de ser más o menos ahí: veinte paquetes para cada uno.

–Un mes de fumar, más o menos –dijo él.

–Un mes o más, según cuánto te fumés.

–Habría –pensó y habló– que conseguir más cigarrillos.

–¿Y los otros? ¿Qué dicen?

–Dicen que hay que buscar más azúcar. El Turco busca azúcar. La gente quiere cosas dulces –anunció.

–¿Cómo que no hay azúcar? –dijo Luciani–. ¿Quién cuida el azúcar?

–Pipo Pescador –dijo él.

–¿Y está abajo?

17

–¿Qué cosa?

–Pipo: ¿Pipo está abajo?

–Sí –dijo él.

–¡Che, Pipo! –gritó Luciani y su voz retumbó en el tubo de tierra.

Desde abajo llegaba un chistido.

–¿Qué pasa? –dijo Luciani.

–Que no grités –le explicó con voz afónica–: ¡Duermen!

–¡Che, Pipo! –habló Luciani echándoles el aliento a las palabras, para que fuesen lejos sin despertar–: ¿Cuánta azúcar queda?

–¿Quién sos? –averiguó la voz de abajo.

–Luciani.

–¡Y qué mierda te importa! –habló Pipo.

–Quería saber –se justificaba.

–Saber, ¡saber! –protestaba Pipo–: ¿Por qué no laburás...?

–Yo laburo –dijo Luciani.

–Bueno... No hay azúcar, pibe –decía Pipo–: Hay nada más que para el mate de la mañana y por si vienen los oficiales. ¡Y ahora callate! ¡Che, Quiquito! –La voz de Pipo se estaba dirigiendo a él.

–¿Qué?

–¿Sabes qué?

–No. ¿Qué?

—Decile a ese boludo que averigüe menos y que salga y consiga azúcar.

—Buen... —dijo él y volvió a mirar la cara de Luciani en la medialuz que soltaba la linterna apoyada en el muro de barro.

Nunca se deben iluminar las caras con la linterna. Al principio, cuando alguien pedía la linterna, siempre la pasaban prendida, dirigiéndole el rayo de luz a la cara. Así se producía dolor: dolían los ojos y dejaba de verse por un rato. Abajo —por tanta oscuridad—, y afuera, andando siempre de noche y en el frío, la luz duele en los ojos. Alguien alumbraba la cara y los ojos se llenaban de lágrimas, dolían atrás, y enceguecían. Después las lágrimas bajaban y hacían arder los pómulos quemados por el sol de la trinchera. Escaldaban.

Después Luciani había callado. Siempre al llegar el que entra habla. El que llega viene de no hablar mucho tiempo, de mucho caminar a oscuras, de hacer guardias arriba de algún cerro esperando la oscuridad. Viene de estar tanto callado que cuando se halla en el calor empieza a hablar.

Como cuando despiertan: despiertan y se largan a hablar.

En la chimenea lateral algunos estaban despertando. Se oían sus voces:

–¿Qué hora es? –decía una voz finita, llena de sueño.

–Las siete.

–¿De la noche? –era la misma voz.

–Sí, de la noche.

–Ah...

–¡No! –interrumpía otra voz, tonada cordobesa–, ¡iban a ser las siete del mediodía...!

Alguien rió. Alguien puteó. Entre esos ruidos hubo otros como de cascos y jarros golpeándose. Hablaba uno:

–Ah... ¡Che, uruguayo!

–¿Qué? –le respondían.

–Quería saber... ¿Si vos sos uruguayo, por qué carajo estás aquí?

–Porque me escribieron argentino. ¡Soy argentino!

–¡Suerte! –dijo una voz dormida.

–Che... ¿y por qué te dicen uruguayo?

–Porque yo nací ahí, vine de chico...

–¡Es una mierda el Uruguay...!

–Sí –era la voz del uruguayo–, mi viejo dice que es una mierda.

—¿Tu viejo es uruguayo?

—Sí... ¡Oriental!

—¿Y tu vieja?

—No. Murió. Era también del Uruguay...

—Gardel era uruguayo... –dijo alguien, para sortear el tema de la muerta.

—No... ¡francés! –dijo el uruguayo.

—Francés y bufa –terció alguien–, lo leí en un libro de historia del tango.

—Gardel... ¿bufa? –dudaba el de la voz finita.

—Sí –dijo el que había leído–. ¡Era francés, bufa y pichicatero!

Después la voz que había preguntado la hora insistió:

—¿Qué hora era...?

—Las siete y cinco –contestó la voz del que tenía la hora y después gritó–: Che... ¡A despertarse! ¡A las ocho salen ustedes...!

—Mejor –dijo uno–. Así respiramos. ¡Acá no se aguanta más el olor a mierda...!


Las voces llegaban desde el arco de chapa que comunicaba la entrada con la chimenea lateral. Había ecos, rebotes de los ruidos contra partes de piedra o de arcilla apretada entre las piedras. Frente a él,

Luciani se había dormido. Siempre da sueño al entrar al calor. La cabeza de Luciani se volcó hacia adelante y se sintieron los correajes soltándose y las hebillas golpeando contra algo hueco: una caja o el casco. Después se oyó una voz viniendo desde afuera.

–¡Presente!

–Pasa –respondió él. No «pasá».

–Calor, calor –dijo la voz de afuera y alguien apareció rodando por el tobogán duro de la entrada. Después del cuerpo, cayeron cascotes y terrones de arcilla contra Luciani, que se quejó pero siguió durmiendo.

–Ojo, que aquí hay un dormido –avisó él y mostró el casco de Luciani con la linterna de plástico–. ¿Y vos quién sos? –preguntó. No conocía esa cara, blanca y tan afeitada.

–Rubione, del siete –dijo el nuevo–, estaba en la remonta...

–¿Y quién te manda...?

–El Turco –dijo y explicó–: ¡Traje azúcar!

Entonces él lo recorrió con el haz de la linterna viendo cómo se abría el gabán y entre sus ropas hacía aparecer una bolsa de azúcar grande como su pecho que hizo saltar un botón de la casaca. Alzándola con dificultad, mostró después la bolsa de papel, que a la luz dorada de la linterna parecía marrón.

–Está húmeda –aclaró–, se me mojó anoche... La tenía esperando al Turco y no vino...

–¡Pipo! –llamó él.

–Shhh –chistaron desde abajo.

–¿Se puede? –dijo bajando la voz–. ¿Se puede secar azúcar húmeda?

–Habiendo tiempo sí –decían desde abajo–. Y si no, ¿sabés qué? –preguntaba.

–No, ¿qué?

–Si no, te la comés húmeda. ¿Llegó azúcar?

–Sí –confirmó él.

–¿Quién consiguió?

–Uno nuevo. Se llama Rubione. Viene de Ele Ce.

–¿Y quién lo mandó?

–El Turco. Lo mandó el Turco.

–¡Más nuevos...! –protestaban abajo. Era la voz del muchacho a quien llamaban Pipo Pescador porque se parecía a un clown de la televisión de Rosario que tenía ese apodo.

–Y sí –dijo él–, más nuevos...

–¿Qué es? ¿Zumbo?

–No, colimba –aclaró él.

–Bueno... Mejor... ¿Quiquito?

–¿Qué?

—Pasame el azúcar y no hagan más quilombo...
¿querés?

Él apagó la linterna, se hincó sobre el tubo que comunicaba con el almacén y no dijo «sí».

Abajo, el reflejo azulado de las llamas de una estufa iluminaba un hueco de seis metros de largo lleno de mercaderías, bolsas y estantes de madera donde se movía un muchacho semidesnudo, de cara flaca, cargada de tics. Era Pipo que alzaba los brazos para tomar la bolsa.

—¡Son como quince kilos! —dijo al recibirla.

—¿Tanto? —preguntó él, cuidando que la bolsa no se cayera sobre el piso.

—Sí, quince al menos.

—No, son diez kilos. Lo que pasa es que debe haber chupado agua anoche —dijo Rubione.

—¡Son quince kilos! Se lee acá —dijo Pipo— que son quince kilos. —Y después pidió—: Quiquito... ¡hacelo callar!

—¿Qué le pasa a éste? —preguntaba Rubione.

—Nada. Duermen algunos en el almacén: no hagás más ruido.

—Buen...

—¿Querés algo? ¿Precisás algo?

—Fasos. ¿Hay fasos?

—Sí —dijo él y le pasó un Jockey blanco.

–¿Fuego hay? –parecía rogar.

–¿No tenés? –preguntó él, y como el otro no respondió le tiró su caja de fósforos inglesa y dijo–: Quedátela. Yo después consigo más...

Rubione prendió un fósforo y pitó. Se nubló el túnel con el humo de azufre del fósforo y cuando salió la bocanada de humo, se difundió por el lugar el típico olor a té de los Jockey blancos. Quiso fumar:

–¡Dame una seca...! –reclamó a Rubione, que le acercó el cigarrillo a la cara. Él lo tomó del filtro y lo fue pitando mientras el otro averiguaba:

–¿Y comida...? ¿Hay?

–¡Raciones! Esta noche comemos raciones frías.

–¿Por qué frías?

–Para ahorrar carbón. Hoy no hace tanto frío. Cuando haga frío se da caliente. Pero después de las comidas, igual, se reparte mate cocido caliente. ¿Te gusta el mate?

–Sí –dijo Rubione y contó–: Ayer tomé café...

–¿Café? ¿Dónde café?

–En la enfermería. Llevamos unos fríos y los doctores nos dieron café y una copita de alcohol...

–¿En cuál enfermería?

–En la del hospital del pueblo.

–¿Muchos fríos?

25

–Llevamos como cincuenta... pero debe haber más: ¡Quedaron por ahí!

–¿Y helados?

–Y sí... La mayoría helados, y algunos eran fríos –decía Rubione y sacudía la cabeza trazando una rayita colorada con la brasa del Jockey. Habían apagado la linterna. Estaba negro el aire y cargado de olor a humo.

Llamaban helados a los muertos. Al empezar, las patrullas los llevaban hasta la enfermería del hospital del pueblo; después se acostumbraron a dejarlos. Iban por las líneas, desarmados, llevando una bandera blanca con cruz roja, cargando fríos. Fríos eran los que se habían herido o fracturado un hueso y casi siempre se les congelaba una mano o un pie. A ésos los llevaban a la enfermería, y si había jeeps y gente apta los llevaban después a la enfermería de la pajarera, donde bajaban los aviones a buscar más heridos y a traer refuerzos de gente, remedios y lujos para los oficiales. Para llegar hasta la pajarera había que cruzar el campo donde siempre pegaban los cohetes: se veía desde lejos un avión solitario que parecía quedarse quieto en el aire, después se lo veía girar y volverse para el lado del norte, y enseguida llegaban uno o dos cohetes que había disparado. Pegaban en el campo echando humo, hacían una pelota de fuego y después una explosión que trepidaba todo y el aire se enturbiaba con un ácido que ardía en la cara. ¿Quién iba a querer cruzar el campo para llevar heridos? La explosión repercute adentro, en los pulmones, en el vientre; hasta pasado mucho tiempo sigue sintiéndose un dolor en los músculos que se torcieron adentro por el ruido, por la explosión.

Cruzar el campo a pie da miedo, porque se sabe que allí pegan los cohetes y se arrastran por el suelo –todo quemado– como buscando algo. Los que andan por ahí están siempre temiendo y se les notan los ojitos vigilando a los lados. Muchos se vuelven locos. Un cohete explotó a un jeep: cuentan que cada uno de esos cohetes británicos les cuesta a ellos treinta veces más caro que los mejores jeeps británicos.


Y ya nadie quiere ir a la pajarera. Eso habló con Rubione. Rubione decía igual: nadie ya quiere ir.

–Además, ahora te tiran con mortero.

–¿Con morteros? ¿Desde dónde...?

–Desde aquí arriba. De aquí nomás, desde el cerro...

–Mejor –dijo él–, así terminan de una vez.

–No se va a terminar... Dicen que ya están por llegar los rusos.

–¿Rusos? –preguntó él. Rubione le explicó:

–Sí: rusos. Dicen que llegan portaaviones con paracaidistas; son como cinco mil rusos, que se les van a aparecer a los británicos por atrás.

–¡Ojalá! –dijo él–. ¡Así terminan de una vez!

–¿Qué pasó? –preguntaban gritos desde la chimenea lateral.

–Nada –gritó él, y mientras Rubione procuraba explicar a los otros que llegaban portaaviones rusos, le tapó la boca para que no siguiese hablando y le ordenó:

–¡Callate!

–¿Qué te pasa?

–Nada. ¡No hablés!

–¿Por qué no puedo hablar?

–Porque no se habla de eso. De eso se habla después cuando nos juntamos todos. A las nueve juntamos las noticias y las hablamos.

–¿Qué ustedes? ¿Quiénes son ustedes? –quería saber.

–Los Magos, los cuatro Reyes...

28

–¿Quiénes? –preguntaba extrañado.

–Nosotros: los que mandan. ¡Ya lo vas a ir entendiendo...! –prometió.

Rubione no volvió a preguntar.


Los Reyes Magos mandan. Son cuatro Reyes: mandan. Al comienzo eran cinco, pero murieron dos: el Sargento y Viterbo. A esos dos los desbarrancaron los oficiales de Marina. Iban en jeep. Murieron dos, quedaron tres, pero después llegó Viterbo, el primo del Viterbo, que lo llamaban el Gallo y ahora son cuatro Reyes: él, Viterbo el nuevo –el Gallo–, el Turco y el Ingeniero.

A cada nuevo se lo enseñaban: Viterbo el anterior y el Sargento murieron. Venían con un jeep inglés que el Ejército había repintado argentino. Los de Marina dieron el alto y ellos pararon a mostrar los papeles, salvoconductos, esas cosas. Los de Marina no los dejaban ir: querían ver qué llevaban atrás, en el jeep. Y ellos llevaban telas de carpas y fardos de lana –cosas robadas– para la Pichicera, para el lugar de los pichis; entonces dijeron que no llevaban nada, que no mostraban nada y arrancaron. Como al minuto les tiraron. Dos oficiales, con M.A.G. de los conscriptos, les tiraron y el jeep les patinó en el barro –la nieve–, se desbarrancó para la playa y como había alarma de bombardeo nadie los pudo ir a buscar. Quedaron ahí, medio volcados, muriéndose, igual que el motor del Land Rover que tardó mucho en apagarse, acelerado a fondo, rugiendo y echando humo y vapor por los escapes hasta que al fin hizo un tembleque y paró.

A cada nuevo se lo explicaban: mandan los Magos, los que empezaron todo. Empezó el Sargento. El Sargento había juntado al Turco, a él y a Viterbo cuando empezaban a formar las trincheras. Los había puesto frente a él, los agarró de las chaquetas, los zamarreó y les dijo:

–¿Ustedes son boludos?

–¡Sí, señor!

–¡No! Ustedes no son boludos, ustedes son vivos. ¿Son vivos? –chilló.

–¡Sí, mi Sargento! –contestaron los tres.

–Entonces –les había dicho el Sargento– van a tener licencia. Vayan más lejos, para aquel lado –les mostró el cerro– y caven ahí.

Les explicó que las trincheras estaban mal, que las habían hecho en el comando: dibujadas arriba de un mapita. Decía que esas trincheras, con la lluvia, se iban a inundar y que todos se iban a ahogar o helar como boludos y que los vivos tenían que irse lejos a cavar en el cerro, sin decir nada a nadie.

–Tienen licencia –dijo.

Les dio licencia y comenzaron a cavar. De noche el Sargento les prestaba soldados, para ayudarlos a picar en la piedra. De día cavaban los tres solos y algunas veces el Sargento se arrimaba para mirar cómo iba la obra.

Después les trajo al Ingeniero. Era un conscripto de Bernal que había trabajado de hacer pozos en las quintas. El Ingeniero inventó los desagües, reforzó los marcos y los techos con tablas y dirigía a los prestados, que llevaban de noche haciendo un rodeo por la sierra y los cambiaban siempre para que nadie conociera el lugar.

Lo llamaban así: «el lugar». En dos semanas lo acabaron. Después pusieron los durmientes.

–¿Y dónde mierda consiguieron durmientes?

–En el puerto. Desarmamos un muelle viejo y los trajimos en el jecp. Teníamos un tractor y el jeep. Después los de la pajarera nos requisaron el tractor y otro día el jeep se nos desbarrancó –explicó el Ingeniero; y volvió a contar para Rubione cómo habían muerto el otro Viterbo y el Sargento, cuando ya estaba hecho el lugar, que ya no se llamó «el

lugar» sino «los pichis» o, más común, «la Pichicera».

«Los pichis»: fue una mañana de bombardeo. Estaban en la entrada y en la primera chimenea y nadie se animaba a bajar al almacén, porque la tierra trepidaba con cada bomba o cohete que caía contra la pista, a más de diez kilómetros de allí. El bombardeo seguido asusta: hay ruido y vibraciones de ruido que corren por la piedra, bajo la tierra, y hasta de lejos hacen vibrar a cualquiera y asustan. Algunos se vuelven locos. Fumaban, quietos. El Ingeniero calculó:

–Si se derrumba la chimenea, el que esté abajo, en el almacén, se hace sándwich entre las piedras...

Entonces nadie quería bajar. Tenían hambre. Con toda la comida amontonada abajo, igual se lo aguantaban.

Fumaban quietos. Seguían las explosiones, las vibraciones. A veces se oía una explosión y no vibraba. Otras veces vibraba y nada más, sin escucharse ruido. ¡Qué hambre!

–¡Qué hambre! –dijo uno.

–¡Con qué ganas me comería un pichiciego! –dijo el santiagueño.

Y a todos les produjo risa porque nadie sabía qué era un pichiciego.

–¿Qué...? ¿Nunca comieron pichiciegos...? –averiguaba el santiagueño–. Allí –preguntaba a todos–, ¿no comen pichiciegos?

Había porteños, formoseños, bahienses, sanjuaninos: nadie había oído hablar del pichiciego. El santiagueño les contó:

–El pichi es un bicho que vive abajo de la tierra. Hace cuevas. Tiene cáscara dura –una caparazón– y no ve. Anda de noche. Vos lo agarrás, lo das vuelta, y nunca sabe enderezarse, se queda pataleando panza arriba. ¡Es rico, más rico que la vizcacha!

–¿Cómo de grande?

–Así –dijo el santiagueño, pero nadie veía. Debió explicar–: como una vizcacha, hay más chicos, hay más grandes. ¡Crecen con la edad! La carne es rica, más rica que la vizcacha, es blanca. Como el pavo de blanca.

–Es la mulita –cantó alguien.

–El peludo –dijo otro, un bahiense.

—El Peludo le decían a Yrigoyen –dijo Viterbo, que tenía padre radical.

–¿Quién fue Yrigoyen? –preguntó otro.

Pocos sabían quién había sido Yrigoyen. Uno iba a explicar algo pero volvieron a pedirle al santiagueño que contara cómo era el pichi, porque los divertía esa manera de decir, y él les contaba cómo había que matarlo, cómo lo pelaban y le sacaban el caparazón duro y cómo se lo comían. Contaba las comidas y quería describir cómo era el gusto del pichi, por qué era mulita en un lugar y peludo en otro. Cuestión de nombres, se dijo.

–¿Saben cómo se cazan los peludos en La Pampa? –preguntó alguien.

Nadie sabía. Fumaban quietos. Muchos seguían sin hablar, por respeto a las vibraciones, a las explosiones; tenían miedo.

–¡A tiros ha de ser! –contestó uno.

–No –dijo el otro; era un bahiense–, se lo caza con perros: va el perro, lo olfatea, lo persigue y el animal hace una cueva en cualquier lado, para disimular la suya, donde esconde las crías, y en esa cueva falsa se entierra y queda con el culito afuera. Entonces lo agarrás de la cola y lo quitás...

–¿Y los perros?

–Ladran: respetan al dueño. Pero tenés que enseñarlos primero, si no te lo deshacen a tarascones. Después podés dejarlo panza arriba y cuando juntaste varios los carneás, clavándoles cuchillos de punta en las partes blandas del cogote. Las mujeres saben pelarlo. A veces... –iba a contar pero una vibración fuerte hizo caer más piedras por el tobogán, que era la entrada, y uno dijo «socorro» y alguien «mamá», a lo que comentó Viterbo que no jodieran, que no se dieran más manija, que si no muchos se iban a volver locos y que siguiera el bahiense la historia.

–A los perros les gustaría matarlo. De dañinos, más que por comerlo. Pero a veces –decía– el peludo se atranca en la cueva. Saca uñas y se clava a la tierra y como tiene forma medio ovalada no lo podés sacar ni que lo enlacés y lo hagas tironear con el camión. ¿Y sabés...? –preguntaba a la oscuridad, a nadie, a todos–. ¿Sabés cómo se hace para sacarlo?

–Con una pala, cavás y lo sacás... –era la voz del Ingeniero.

–¡No! ¡Más fácil!: le agarrás la cola como si fuera una manija con los dedos, y le metés el dedo gordo en el culo. Entonces el animal se ablanda, encoge la uña, y lo sacás así de fácil.

–¡Así se hace con el pichi! –confirmó el santiagueño, contento.

–¡Y tienen cuevas hondas, hondísimas, de hasta mil metros, dicen...! –comentó el tucumano que casi nunca hablaba.

Nadie creyó. Seguían los bombardeos. Fumaban quietos y escuchaban. Pocos querían hablar. Él dijo con voz medio de risa, medio de nervios:

–¡Mirá si vienen los británicos y te meten los dedos en el culo, Turco!

Algunos rieron, y otros, más preocupados por las bombas y por las vibraciones, seguían quietos, fumando, o sentados contra las paredes de arcilla blanda y la cabeza entre las piernas. De a ratos les llegaba el zumbar de los aviones y el tableteo de la artillería del puerto. Era pleno día sobre el cerro. Tenían hambre, abajo, en el oscuro.


Desde entonces, entre ellos, empezaron a llamarse «los pichis».

–¡Afuera saben de los pichis! Yo en la artillería los había oído nombrar –les dijo un nuevo otra noche.

–¿Qué hablar? –preguntó preocupado el Turco.

–Hablar que estaban. Decían que había como mil pichis escondidos en la tierra, ¡enterrados! Que tenían de todo: comida, todo. Muchos decían tener ganas de hacerse pichis cada vez que se venían los Harrier soltando cohetes.

–Es cierto –dijo Rubione–. Cuando faltan cosas en el siete dicen que todos ahí se cagan de hambre mientras los pichis preparan milanesas abajo. Dicen que están abajo, creen que estamos abajo de ellos... Los otros Magos se preocuparon. Lo que decía Rubione demostraba que afuera conocían que los pichis estaban ahí.

También él se preocupó: recordó cuando el Sargento los había juntado con el Turco y el otro Viterbo y les dijo: «Córtense solos, porque de ésta no salimos vivos si no nos avivamos...».

Y de todos ellos, que eran noventa, al mes quedaban vivos sólo el Sargento y ellos tres. Y al Sargento lo habían desbarrancado los de Marina.

–¡Hay mucho nuevo, Turco! –dijo Pipo Pescador. Estaban en la chimenea lateral, comiendo ración, alumbrados con linternas de luz amarillenta. Después Pipo se disculpó a Rubione:

–Perdoná, no es por vos, pibe, pero: ¿entendés que no cabemos, que ésta no alcanza para todos...?

Rubione hizo que sí con la cabeza y siguió masticando ración.

–¡Habría que conseguir sal gruesa...! –pensó el Turco, hablando.

–¿Sal?

–Sí, sal. Si sigue más tiempo va a haber que conseguir sal para guardar corderos. Las raciones no pueden durar... –calculaba el Turco.

–¡Pero ya no hay corderos...! –dijo él.

Ya no se veían corderos. A veces, una explosión aislada hacía pensar que alguna oveja suelta había pisado una mina de infantería y eso espantaba a las madres y con ellas se iban las ovejitas y los corderos, siguiéndolas. Los hombres de la estancia habían cortado las alambradas para arrear las ovejas al otro lado del Fitz Roy.

–¡Cada día se ve menos oveja!

–Esta tarde una oveja explotó aquí nomás.

–Es una joda –dijo el Turco–, una desgracia.

–¿Por...? –preguntaron.

–Porque sí, porque eso quiere decir que los ingleses se van a encular con nosotros.

–¿Encular? ¿Con nosotros? ¿Los ingleses? ¿Por qué? –querían saber.

–Porque sí. Porque si siguen explotando ovejas quiere decir que el mapa de las minas que les pasamos estaba mal...

Pensó que el Turco tenía razón. Cada oveja explotada, más se convencerían los ingleses de que aquel plano del comando estaba mal. Pero dijo todo lo contrario:

–¡Qué se van a encular...! ¿Volvemos hoy a los ingleses?

–No sé –dijo el Turco–, primero voy a pensar un rato y a dormir, después lo decidimos. Llamen a Pipo –pidió.

Alguien gritó: «¡Pipo!» y apareció el muchacho vistiéndose. Vivía desnudo, por el calor de la estufa del almacén.

–¿Qué hay de nuevo, Pipo? –preguntó el Turco.

Pipo leyó en una libreta de Intendencia que había llegado más azúcar.

–¿Cuánto hay? –preguntó el Turco.

–Ahora veintidós kilos.

–Está bien –dijo el Turco.

–¿Qué más? –siguió Pipo diciendo que faltaba sal, y que ahora sobraban los remedios, cigarrillos y papas y habló del cordero preparado para los guisos del día siguiente. Que faltaba té y café, dijo.

–¿Qué queda?

–Quedan tres frascos de Nescafé y cien bolsas de té. Sobra yerba.

–Hay que buscar más té y azúcar. Anotá que mañana vamos a tener más cigarrillos ingleses.

–¿Y querosén? –quería anotar Pipo.

–Van a llegar ocho bidones más –dijo el Turco. Casi se sabía todas las existencias de memoria–. ¡Che, Luciani...! –llamó.

–¿Qué? –obedeció el otro.

–Mañana vas a tener que ir a cambiar dos bidones más de querosén. Pedí dulce, caramelos, dulce de leche, de membrillo, azúcar, miel, ¡cosas dulces! Falta azúcar. ¡Y pedí pilas!

–Pilas olvídense –dijo Viterbo.

–¿Qué pasa con las pilas? –volvía a preocuparse el Turco.

–No hay en toda la isla, se acabaron. No hay ni para los del comando –y señalando con la linterna a dos nuevos fundamentó–: Ellos te lo pueden decir...

–¿Los ingleses tendrán pilas...? –preguntó el Ingeniero.

–Esta noche vamos a ver –dijo él, y el Turco asintió, por lo que los otros entendieron que aquella noche alguno de los Magos iría a los ingleses a cambiar cosas.

## 3

De noche hay menos viento y además no te ven. Hay que abrigarse, untarse todo: la cara, el cuello, las muñecas, las piernas y los pies. –Por ahí –anunció el Turco– no volvemos esta noche. Venimos la noche de mañana. Vamos a los británicos con Quiquito.

El chico al que llamaban Galtieri pidió ir con ellos. El Turco dijo no. Él reclamaba; quería ir, no había ido nunca a los ingleses. –Otra vez venís, hoy no –prometió el Turco.

–Es que vos sos muy forro, Galtieri –le habló alguien, cuando el Turco se fue.

De noche es más difícil caminar, pero hay menos peligro: yendo de día pueden disparar de cualquier lado, de cualquier bando. Te ven, disparan.

Y peor es el riesgo de entrar y ser visto. Si ven

entrar o salir a alguien del tobogán aprenden el lugar y entonces se termina la Pichicera.


–Vos, Ingeniero, estás a cargo –dijo el Turco al salir–. No te durmás. De día no sale nadie. Y no entra nadie. No más entra Ramírez que tiene que traer dos bidones, si es que llega. Y Luciani sale antes que sea de mañana, para cambiar otros bidones aquí cerca al siete. ¡Luciani! –llamó, y Luciani dijo «sí»–. ¡Luciani, vos no me entrás de vuelta hasta que esté oscuro...! ¿Sentiste?

–Sí –dijo Luciani. El Turco llamó a Pipo.

–¡Pipo!

Ya estaba abajo, cerca de la estufa, estaría desnudándose.

–Pipo, que los bidones estén lejos del fuego. Y dale dos pastillas negras a ese nuevo Rubione y ni una más a nadie. ¿Cuántas hay?

–Como doscientas –se oyó la voz de abajo. Sobraban.

–Bueno, igual, ni una más a nadie. ¡Y que nadie cague! ¡Que vayan todos a cagar de noche afuera y tapen lo que cagan con barro...!

Las pastillas negras se daban para la diarrea. Todos habían tenido diarrea, por el agua. Ahora hacían el agua allí, con nieve, en los baldes plásticos. A esa agua la hervían y la preparaban con mate, o café, o té.

–Que se caguen de sed, pero nadie más toma agua sola. Nada más mate y bebidas, porque el que cague adentro va a volver a pelear –habían dicho los Reyes.

Y volver a pelear quería decir matarlos. Muchos pichis fueron dados por muertos, por desaparecidos o presos de británicos, y si volvían al Ejército, los otros se enteraban de que habían sido pichis y los calaboceaban: los ataban y los hacían pasar la noche al frío quietos, para helarlos.

Y todos entendían. Como ni el Turco ni los otros Magos los iban a dejar volver para que no contasen dónde estaba el lugar de los pichis, si alguien ensuciaba adentro, mientras no hubiera polvo químico, lo harían matar, y aunque nadie sabía si los Magos eran capaces de matar o no a un pichi, o a uno que había sido pichi, por las dudas no lo iban a probar: obedecían.

Al salir les pareció escuchar zumbidos de aviones de hélice. Después nada. Apenas viento –poco viento–, y a veces alguna ráfaga con nieve. Después de un día sin salir, caminar es difícil. Pero es mejor: pasando un tiempo en el calor, el hombre aguanta más el frío. Si uno sale de tanto calor, de quince o veinte grados de calor como hacía en el tubo cerca del almacén, se siente el frío, se lo sufre, tarda en acostumbrarse: el frío duele, el aire es como vidrio y si uno quiere respirar parece que no entrara. Pero el que se ha pasado un día entero al frío sabe que los que vienen del calor pueden andar, moverse y trepar a la sierra cuando él no puede más, porque el que estuvo al frío mucho tiempo quiere estar quieto, quedarse al frío temblando y dejarse enfriar hasta que todo termina de doler y se muere.

Un fogonazo, lejos, vieron. Después vibró el piso y llegó el ruido. «Otra oveja, otra mina explotada», pensó y siguió caminando atrás del Turco, trepando.

Para cortar camino subían la cuesta de la sierra. Los primeros en ir a los británicos fueron de día y dijeron que era mejor así: «Trepan primero, cortan camino y después van tranquilos, barranca abajo». Tenían razón.

Subían la cuesta. Cada tanto, el Turco se paraba a mirar la brújula en su muñeca y él tropezaba contra su espalda y le veía en la manga las flechas y los números fosforescentes de la brujulita, que casi le alumbraban la cara.

A veces caían. Caía el Turco; él ni escuchaba el ruido: tropezaba contra su cuerpo y caía también. Después cambiaban: iba él adelante, y si caía, el Turco lo atropellaba y volvía a tomar la delantera. Entonces lo seguía, tocándole el gabán, o guiándose por la fosforescencia verdosa de la brújula en la muñeca izquierda del otro.

Como a la hora pararon a beber. Tenían café en el termo y tomaron un trago del Tres Plumas de la cantimplora. Después fumaron, quietos, escondiendo las brasas entre los guantes. Se frotaban las piernas y en un momento el Turco revoleó el termo vacío hacia el acantilado. Lo oyeron explotar al rato, reventado contra las piedras de la playa. Ni hablaron. Él dijo muy despacio que el frío debía ser de cinco bajo cero. El Turco calculó que menos, que diez o doce bajo cero, pero no se podía saber. Siguieron subiendo por la cuesta sin ver ni oír rastros de patrullas.

–Ni una patrulla –habló cuando empezaban a bajar la sierra, más tranquilos, más descansados.

–No. Ya ni salen. O salen y se esconden. Habría que bajar a la playa. ¿Sabés vos?

–No –dijo él–, hay un camino que baja, pero no lo conozco. Hay que verlo de día...

Siguieron por la sierra. Después atropellaron juntos un alambrado.

–Es la estancia, aquí estamos –dijo el Turco.

Caminaron por el pasto nevado. Se sentía olor a tréboles y a bosta de vaca. Él marchaba pensando que ese barro nevado era bosta caliente de vaca y así se le facilitaba resistir el frío. Vieron la cresta de un galpón que era un bulto más oscuro, contra el fondo oscuro:

–Estamos: aquí están los ingleses...

Pero siguieron avanzando quince minutos, media hora: dos galpones cruzaron. En el último, el Turco se arrimó a la pared de latón y comentó:

–Aquí cayó una granada de fosgeno y murieron todos, argentinos y malvineros presos. Nadie los enterró. Los rociaron con algo para que no se pudran.

Desde el galpón de los muertos hicieron señales con una linternita y lejos sonaron dos tiros. Después hubo un destello: era la clave.

–Ahora, a aguantar: ¡Nos vieron! –dijo el Turco.

Y esperaron al frío. La patrulla de ingleses se hizo esperar. Los llevaron tres hombres con las manos atadas, como presos. Ninguno de ellos sabía hablar.

–¡Nos encanaron, Turco! –dijo él. Iba atado.

–No, tranquilo... ¡Siempre hacen así! ¡Portate bien! –aconsejó.

Los desataron en el campamento. Era una excavación honda a más de veinte metros bajo la tierra. Adentro había un sistema de luces fluorescentes colgando de los techos de arcilla dura. Había mesas, radios, cablerío y mucha gente yendo y viniendo. Los que parecían oficiales usaban unos banquitos desplegables de cuero. Pasaban hombres con uniformes y prendedores con alitas: pilotos de helicópteros. Todos hablaban en inglés y los miraban a él y al Turco y reían.

El traductor les hizo convidar dos vasos grandes de café. Los británicos tomaban su té con bombillas y fumaban cigarros largos y delgados de hoja. Les ofrecieron pastillas.

–Son las pastillas de pelear que usan ellos –le dijo el Turco y tomó una.

Él dejó que la suya se fuese disolviendo en la boca. Tenía gusto dulzón y evanescente y le dio la sensación de que al bajar por la garganta, los músculos de la cara y el cuello se endurecían. Después le dieron ganas de caminar, sintió calor y los brazos más firmes y descansados.

Los sentaron a una mesa frente a dos oficiales. Mostraban un plano gigante del pueblo y preguntaban la ubicación de la enfermería de los presos ingleses, de los casinos de oficiales y de los tanques de combustible y los depósitos de municiones.

Ellos hicieron marcas en el plano. Señalaban casitas, potreros y caminos que en el mapa no figuraban. Después el traductor les preguntó sobre el lugar de los camiones.

Ellos no sabían que hubiese más camiones. El inglés insistía: necesitaban conocer dónde guardaban los camiones por la noche, pero si ellos no habían visto camiones: ¿dónde los iban a guardar? La discusión de los camiones les llevó mucho tiempo. Tomaron más café. Seguían pasando soldados y aviadores que los miraban, reían y se quedaban un rato observándoles las botas carcomidas de roce.

Después un oficial les mostró una valija. Dentro había seis cajitas negras, del tamaño de un paquete de cigarrillos largos.

Explicó el británico con sus uñas: se rascaba la cáscara negra y aparecía pintura verde, se rascaba la cáscara verde –que era como un papel pegado–, y aparecía otra marrón. Quitando la marrón había otra capa verde claro y abajo otra amarilla, casi blancuzca. Después el traductor les dijo que les cambiaban los colores para poder disimularlas mejor, según el color del lugar donde debían colocarlas.

Les pedían que las pusiesen en algunos lugares: frente al casino de oficiales grande, frente al depósito de munición de artillería, en los tanques de gasoil y de querosén, en los galpones de helicópteros, y en el lugar donde guardaban los camiones.

El Turco insistió que en los camiones no, que no sabía el lugar de los camiones. Después raspó una caja y fueron saliendo los colores: negro, verde, marrón, verdoso claro, amarillo, blancuzco. Pesaban poco; guardó las seis cajitas en la maleta.

El oficial que parecía jefe les hizo dar bolsas con chocolate y cajas de cigarrillos. Había treinta cajas de 555 cortos, cada una con diez paquetes de cartón. Azúcar tampoco ellos tenían.

–¿Pilas? –dijo el Turco.

–¿Pelas...? –preguntó el traductor y negaba con movimientos de la mano: no comprendía.

–¡Pilas! –dijo el Turco y sacó su linterna, la abrió y les mostró pilas.

–¡Báteris...! –dijo el traductor y ordenó al oficial–: ¡Báteris!

El oficial habló con un soldado que había frente a la mesa y lo mandó a conseguir pilas. Al rato llegó con una bolsa de plástico, llena de pilas, todas de tamaños diferentes. El británico les hablaba en inglés, tan rápido que ni el traductor podía entenderlo.

Después volvió a hablar el jefe: que no había más pilas, que las pilas eran uno de los grandes inconvenientes de esa guerra, pero que ni ellos –él y el Turco– ni él –el oficial– tenían la culpa de esa guerra. Que ellos eran patriotas, que debían volver pronto a la Argentina, porque la Argentina necesitaba «prosperar» porque «era un gran país». «Prosperar» decía el traductor, y «ocuparse de prosperar» era mucho mejor que hacer guerras contra países más fuertes. Se les quedó pegada en la cabeza la palabra «prosperar», pero el Turco quería más pilas. Se dirigió a unos soldados que pasaban hacia el túnel:

–¡Báteris! –les gritó.

Eran muchachos jóvenes, rubios, de caras muy limpias y afeitadas, ojos grises. Lo miraron al Turco, hicieron una venia al oficial de la mesa y se fueron riendo.

Después volvió uno de ellos con una linterna británica y la vació sobre la mesa. El traductor, cuando vio que el Turco guardaba esas pilas junto a las otras en la bolsa le dijo:

–¡Descargadas...! ¡No es nuestra culpa!

Tomaron unos tragos de la botella de whisky

del oficial y salieron. El Turco caminaba despacio, admirando los detalles del campamento. Tenían tapizada la zona de alrededor de las mesas de los oficiales con cueros de oveja mal curtidos.

–¡Buena idea! –comentó el Turco, y él adivinó que ya estaba pensando en tapizar la Pichicera.

Al salir calcularon que llevaban cuarenta kilos de materiales. Mucho peso. Pero las píldoras de pelear les hacían fácil el camino.

Él llevaba en su bolsa la maleta con las cajitas negras:

–¿No explotarán? –consultó al Turco.

–No. Yo antes de agarrarlas me fijé y vi que el oficial las toqueteaba a todas sin miedo... Deben de ser radios que mandan señales para atraer los cohetes, o los aviones.

Caminando apurado para llegar al tobogán antes que la luz, pronto olvidó las cajas negras y también olvidó las pastillas, por tantas ganas que le habían dado de moverse y llegar. Había salido una luna finita que algo permitía ver.

Tropezaron menos que en el viaje de ida. Cuando pasaron por el galpón de los muertos el Turco se arrimó a la pared de lata para mear al reparo del viento y después alumbró el interior con su linterna chica. Él no quiso mirar, pero el Turco le dio a entender que los muertos estaban todavía allí.

Habían llegado cerca de las nueve, poco antes de clarear.

Con el calor de adentro sintió que le venía el cansancio y se acordó de la pastilla. Al Turco le sucedió lo mismo: quería dormir. Repartió las cajitas y dio las instrucciones. Un pichi tenía que llevarlas a los del siete y pedir que las pusieran ellos a cambio de unos bidones y unas bolsas que debían. Mandaron de regalo unos relojes que habían quitado a los tenientes muertos y los billetes de cien dólares que le encontraron al coronel la semana anterior. Sobraba una cajita, la de los camiones: cabezas duras, los ingleses igual se la habían dejado.

–¿Y ésta? –preguntaron los pichis.

–Vos, Millán, andá ahora y colocala enfrente del campamento de los de Marina –dijo él.

El Turco, muerto de sueño, festejó la idea. Allí paraban los que le habían desbarrancado el jeep al Sargento. Viterbo, primo del otro muerto, lo palmeó y lo felicitó:

–¡Buena idea, Quiquito! –le dijo.

Después se fueron a dormir. Quedaba el Ingeniero a cargo de la entrada y les pidió que durmieran tranquilos, porque él no tenía sueño.

Soñó que se culeaba a una oveja. Algunos –se decía–, habían culeado con ovejas, con yeguas y hasta con burras. Él soñó ovejas. Se despertó pensando en lo que se contaba de Rubione: que los de L. C. lo habían puesto en el calabozo, al frío, porque lo habían visto tratando de agarrar otra oveja para culeárscla.

–Ganas de culear –comentó al despertar.

–Por caminar, del frío –dijo el Ingeniero–, llegás aquí al calor y te vienen las ganas de culear. –Después contó que a medianoche, si el que estaba de guardia se asomaba a la chimenea donde dormían los pichis, siempre sentía ruidos de los que soñaban que estaban culeando o que, directamente, se pajeaban entre sueños.

–¿No es cierto, Pipo? –gritó, sabiendo que el otro atendía a la conversación desde el almacén.

–Sí –dijo Pipo–, ¡es natural!

–¡Pipo! –gritó el marino desde la chimenea–. ¿No te harás vos la paja cerca de la comida? ¿No...?

55

Era la primera vez en varios días que se lo sentía hablar.

–¿No te habías muerto vos? –preguntaba, lejana, la voz de Pipo–. ¡Ni hablabas desde el lunes!

–¿Qué lunes? ¿Qué día es hoy? –preguntaba el marino.

–Ha de ser miércoles...

–No, jueves es –dijo Luciani.

–Ves... ¡No hablabas desde el lunes! –gritaba Pipo.

–Estoy jodido –decía el marino–, creo que me voy a morir.

–¡Avisá antes, así anoto que va a sobrar comida! –decía Pipo.

–¡No jodás! En serio, yo me voy a morir –se lamentaba. Era un cabo de la Marina. Había ido a entregarse a los británicos y se había perdido. El Turco lo encontró medio congelado y pensó dejarlo, pero después se le ocurrió que serviría para los pichis. Tuvo razón: él negoció con los marinos para que permitiesen desmontar el muelle de los durmientes, y les consiguió mantas y bolsas impermeables.

Después se enfermó. Lo atacó la diarrea, no comía y siempre estaban esperando que se muriera. Pero no se murió, ahora insistía:

–¡Me voy a morir!

–¡Bueno, pero morite afuera, que da mucho trabajo sacar a los muertos por este tobogán...! –le dijo el Ingeniero.

Antes, a los muertos les ataban los brazos y los izaban por el respiradero de la chimenea chica. Pero cuando empezó a nevar tupido fue necesario cerrar ese tubo con fardos de lana para aislar el tiraje de la estufa, y a los que se murieron después los sacaban por el tobogán, que tenía curvas difíciles de pasar si al muerto ya se le habían puesto duras las piernas.

–¡Te mando que no te murás! Y si seguís jodiendo con morirte, te voy a matar yo de un tiro –amenazó Viterbo.

El marino no se lamentó más. Pidió chocolate y uno que se compadeció le regaló toda su ración de la semana.

## 4

La tarde siguiente, cuando ya estaba por oscurecer y se comentó que había alarma de aviones, los Reyes salieron a mirar.

Pasaban despacito los Harrier. Por el aire los iban persiguiendo inútiles manchones de la artillería antiaérea. De las alas se les salían los cohetes como al tuntún, después viraban en cualquier sitio y parecían dudar moviendo la trompita hasta enfilar a su destino, la tierra, alguna parte de la tierra, parecía mentira.

Recién después de un rato se acordaron de las cajitas negras.

–¿Y las cajitas?

–¿Habrán andado? –preguntaba el Turco.

–Seguro que sí –dijo otro: o Viterbo o el Ingeniero.

Y en el lado del pueblo, cuando llegaban los cohetes, se veía la luz anaranjada de la explosión y montones de humo. Al rato, les llegaban el ruido y la trepidación del piso.

–¿Les habrán dado a los tanques?

–No. Cuando peguen en los tanques se va a notar –dijo el Ingeniero. Sabía.

Pero los Harrier se habían ido. Se habían parado en el cielo, torcieron su camino y enfilaron hacia el medio del mar.

El Turco miraba nervioso la ciudad. Ya ni humo quedaba. Nada.

–Se acabó –dijo él.

–No –dijo Viterbo–, vuelven.

Y volvían. Otros Harrier, del sur, venían bajito. Le salió un cohete a uno, después un cohete al otro del ala de ese mismo costado y después, los dos al mismo tiempo, soltaron los cohetes de las otras dos alas.

Echaban humo azul. Uno de los cuatro cohetes aceleró de golpe y enfiló hacia el pueblo.

–¡A los tanques! ¡A los tanques! –desesperaba el Turco mordiéndose las durezas del canto de la mano.

–¡Dale! ¡Dale! –gritaba Viterbo, se entusiasmaba.

El Ingeniero, a falta de ruido de los Harrier, que

ya habían vuelto para el sur, hacía un silbido con los labios acompañando el movimiento del cohete que zigzagueaba corrigiendo su enfilación hasta que dio contra los tanques, lo que se supo por la llama alta, primero colorada, después azul y después puro negra del humo que se acabó formando.

Los otros cohetes se perdieron en el horizonte.

Los cuatro Reyes miraban para el lado del campamento de Marina. Ni humo, ni un cohete, ni ruidos: nada.

El Turco apretaba los dientes.

Vio a Viterbo mirando de reojo para controlar la expresión de los otros.

De abajo, desde el tobogán, los pichis llamaban:

–¡Eh! ¡Turros! ¡Vengan! ¡Cuenten!

Se estaba aproximando el momento de volver. Pero: ¿y el campamento de Marina?

Oscurecía, bajó el sol, subió la oscuridad, ya se acercaba el sueño y desde el aire empezaba a gotear el frío de la noche: más frío.

Había que regresar.

–¡Volvamos! –dijo Viterbo y se dio vuelta, descorazonado.

Y ya volvían, cuando sintieron los soplidos de otro Harrier.

–Falta eso –dijo el Turco señalando la zona del

campamento de Marina, como si estuviera mandando al piloto–. ¡Falta eso! –decía.

El Harrier empezó a tomar altura. Subía vertical. Impresiona ver cómo ellos suben verticales y trepan. Parece mentira. Los Reyes se impresionaron. Dijeron varias veces que parecía mentira. El Turco volvió a alentar:

–¡Dale, carajo!

Y allá arriba, era más chico que un puntito el Harrier. No se le notaba la forma ni se le veían las alas.

Se dejaba de oír.

–Se fue –dijeron. En efecto, se había perdido en lo alto el avión. Pero ellos siguieron con la mirada fija en un punto del cielo arriba donde parecía que por siempre iba a faltar un Harrier que había dejado el mundo por ese agujerito.

Volvían a llamarlos los pichis:

–¡Bajen! ¡Vengan! ¡Turros!

Nerviosos, fumaron hasta casi quemarse los dedos de los guantes. No había viento. El humo de los cuatro subía vertical y se perdía en el aire. Ya no miraban más el cielo, se miraban las caras, miraban irse el humo, miraron el reloj del Turco.

Y entonces –eran las cinco menos cuarto, y oscurecía– vieron llegar el cohete.

Apagado, caía desde el medio del cielo girando como un atleta olímpico. Algo de circo tenía eso. Pero ni humos ni silbido ni nada echaba.

—¡Descompuesto! —les pareció.

—¡No! ¡No! ¡Miren! ¡Miren! —dijo el Ingeniero.

Y entonces vieron que el cohete se enderezaba y apuntaba hacia el cerro moviendo la trompita, como si lo estuviera olfateando.

Y allí recién arrancó el cohete: se vio humo —un vapor verdoso— y después la llamita roja de la cola. Aceleraba en dirección al horizonte y empezaba a girar. Parece mentira.

—¡Dale! ¡Dale, loco! —gritaba Viterbo, más entusiasmado.

—¡Ya va! ¡Ése no falla! —decía el Ingeniero y se tironeaba los correajes del gabán como si fueran las riendas de un sulky capaz de dirigir al cohete.

Y el cohete siguió avanzando y vacilando, como con dudas, hasta perderse —sin explotar— en unos pastizales cerca de los acantilados: iba derecho, a ras del suelo, para el campamento de los marinos.

Primero se vio la llamarada naranja grande. Después se escuchó el ruido, después vieron el humo que subió y al Turco que miró unas marcas que había hecho en las piedras del cerro y empezaba a gritar.

—¡Acertaron! ¡Acertaron!

Pero no era necesario querer que acertara, o adivinar que había acertado, porque empezaban a sonar las bombas guardadas y se veían subir relámpagos como fuegos artificiales desde el polvorín de los marinos, y los Reyes gritaron y nadie pudo contener a los pichis —la mayoría de los pichis— que se asomaban por la cabecera del tobogán para no perderse el espectáculo.

Y durante toda aquella noche, las bombas, las granadas, los obuses, los misiles, las balas de ametralladora y de fusil y las balitas de pistola que los marinos tenían almacenadas fueron estallando de a poco.

Y los pichis, de a uno, bajaron contentos, seguros de que si los de Marina que habían ametrallado el jeep se habían salvado de la explosión del cohete, a esas horas se estarían cocinando con el fuego y la metralla de su propio polvorín que seguía ardiendo y cada tanto volvía a hacer explosiones mientras los Harrier —decían abajo— ya estarían lavados y recargados de cohetes y combustible, durmiendo en la bodega de algún barco británico.

Se había levantado una ventolina muy fría del sudeste. Acosta, que fue el último en volver a la Pichicera y que sabía pronosticar, dijo que el tiempo iba a empeorar todavía más. ¿Sería posible?

Fue posible.

Comieron tarde aquella noche. Eran las once pasadas cuando se repartieron las raciones y los jarros con guiso de cordero caliente. Entre todos tomaron cuatro botellas de Tres Plumas comentando el espectáculo del polvorín de los marinos y cada tanto una vibración suave del suelo daba la idea de que en algún lugar muy lejos algunos estarían bombardeando mucho a otros.

–¡Los muertos que han de haber hecho...! –dijo Manzi, un callado.

–No tanto... A esta hora todos andarán en refugios... –se pensó.

–¿Y alcanzan los refugios?

–Sí, han de alcanzar –el que decía eso era el Ingeniero.

–¿Cuántos muertos? –preguntó alguien desde lo oscuro.

–Cien –apostó uno.

–Mil –exageró otro.

–Dos mil –duplicó el primero.

–Trescientos –corrigieron.

–Trescientos cincuenta y seis –cantó una voz en cordobés.

–¡Buen número! –la voz del Turco había opinado.

–¿Cuántos somos aquí? –quería calcular Pipo.

–Dicen que diez mil.

–Diez mil... ¡No pueden matarnos a todos!

–No, a todos no, ¡a la mayoría! –dijo Rubione.

–Videla dicen que mató a quince mil –dijo uno, el puntano.

–Quince mil... ¡No puede ser!

–¿Cómo, Videla? –preguntó el Turco, dudaba.

–Sí, Videla hizo fusilar a diez mil –dijo otro.

–Salí, ¡estás en pedo vos...! –dijo Pipo.

–¡Qué pedo! ¡Está escrito! –hablaba el puntano–. Yo lo vi escrito en un libro, en la parroquia de San Luis está. ¡Quince mil!

–¡Estás mamado!

–Qué mamado, están los nombres de todos, uno por uno, los que mandó fusilar Videla.

–No pueden haber sido tantos –dijo el Turco.

–Vos te callás, Turco –dijo Luciani–. Vos sabés de mandar y de comprar y vender pero de esto no sabés una mierda, ¡así que te callás...!

El Turco calló. Él tenía eso: en lo suyo, mandaba; de lo que no sabía, sabía callar.

–¿En serio? –consultaba el Turco a Viterbo, achicado.

Habían prendido las linternas. Se miraban las

66

caras. Todos seguían tomando las botellas de Tres Plumas que pasaban como si estuvieran mateando.

–No sé –dudaba Viterbo–, mataron muchos; ahora, que los hayan fusilado... no sé.

–Fusilados –dijo el pibe de la parroquia–. ¡Fusilados!

–Yo sentí que los tiraban al río desde aviones.

–Imposible –dijo el Turco, sin convicción.

–No lo creo, son bolazos de los diarios –dijo el pibe Dorio, con convicción.

–Yo también había oído decir que los largaban al río desde los aviones, desde doce mil metros, pegás en el agua y te convertís en un juguito espeso que no flota y se va con la corriente del fondo –indicó el Ingeniero.

–No puede ser, ¿cómo van a remontar un avión para tirarte?

–Dicen que aviones de Marina eran, los tiraban.

Se escuchaban las vibraciones del polvorín. Seguía explotando.

–¡Lástima que no esté el Sargento! Él sabía eso.

–¡Y cómo no iba a saber eso si él trabajó de eso! ¡Si tenía una medalla del Operativo Independencia! –dijo Acosta.

–Pero de aviones no puede ser: por más locos

que sean, ¿cómo van a remontar un avión, tomarse ese trabajo? –dijo Rubione–. Calculá: cien tipos por avión podrás tirar: son cien viajes. ¡Un cagadero de guita!

–¿Y a ellos qué les importa la guita? Suben, te tiran, ¡chau!

–¿Pero cómo van a remontar cien aviones...?

–Es que lo van haciendo con el tiempo, ¿qué apuro tienen?

–Yo no creo que hayan sido tantos. Además, ¿por qué...?

–Porque eran guerrilleros...

–Si nunca hubo tantos guerrilleros... Habría mil cuando mucho –dijo un pichi del fondo, que nunca hablaba.

–Habló un boludo –dijo el puntano–, ¡eran quince mil! ¡Quin-ce-mil! –subrayó.

–Haber, había miles. En Tucumán –contaba el tucumano–, cuando venía Santucho para el 17 de octubre, llegaba con trescientos Peugeot 504 negros, cada uno con cinco monos adentro y desfilaban.

–¿Desfilaban? –no lo podía creer el Turco.

–Sí, ¡desfilaban!

–¿Y la cana los dejaba?

–La cana se escondía. Si eran mayoría ellos...

–¿Y la gente?

–La gente aplaudía, les tiraba flores, les daba plata para las colectas.

–¿Aplaudía?

–¡Si estaban con ellos! ¡Cinco a uno era la ventaja que les daba Perón a los otros...!

–Pero Santucho no era peronista, ¡animal! –dijo Viterbo.

–Sí, ¡era peronista! –dijo el tucumano–. Lo que pasa es que no la iba con Isabel...

–¡Esa yegua...! –afirmó Rubione.

–¿Por qué yegua? ¡Pobre mina! Fue la única que encanaron.

–¡Y mejor para ella! A los demás los fusilaron y los tiraron al río.

–Eso sí, pero se chupó diez años presa.

–¿Cómo diez? ¡Cinco! –dijo Viterbo. Sabía, era de padre radical.

–Bueno, cinco. ¡Igual es mucho para una mina!

–¡Y sin comerla ni beberla!

–Algo afanó.

–¿Vos creés? Afanaron los otros, los que se fueron antes...

–Y ella también. Está en España, vive como un rey, morfa con los reyes.

–Conmigo no –dijo él.

–¡Los reyes verdaderos, boludo! –dijo el Ingeniero.

–¿Por qué no hablan en orden? –pedía Pipo, como si tuviera que anotar las existencias de un almacén de opiniones.

–La tendrían que haber fusilado a ella también.

–¿Por qué? ¿Qué hizo?

–Y los otros: ¿qué hicieron?

–Pero no fusilaron a tantos, es bolazo de estos negros.

–La puta que te parió –dijo el puntano, o el tucumano.

–Que te recontra.

–¡Leí! ¡Leí la lista! ¡Está! ¡Está la lista! –ése era el puntano.

–Quisiera verla... –dijo un porteño.

–Bueno, andá a la iglesia de San Luis y pedila.

–Pará que salgo y voy. ¡Negro boludo!

–Andá a la puta que te parió.

Seguían más explosiones. El Turco dijo:

–Oigan, ¡se están tirando con todo!

Y entonces callaron unos instantes para oír las bombas y se ordenó la discusión.

–Para qué tantas bombas...

–Para amedrentar, para apurar la rendición.

–Los de acá quieren, Galtieri no.

–¿Yo qué no?

–Vos no, ¡gil! Galtieri el verdadero.

–¿Vos sos Galtieri? –preguntaba Rubione al muchacho al que llamaban Galtieri.

–Sí –dijo el pibe. Era morocho y petisito.

–¿Y por qué te dicen Galtieri?

–El Sargento le puso –dijo Viterbo– porque este pelotudo también creía que íbamos a ganar...

–¿Y ustedes no?

–Nosotros sí, hasta que vimos la flota –dijo el Turco.

–¿Vieron pasar la flota?

–Sí.

–¿Qué harán si ganan?

–Nada.

–¿Y a nosotros qué...? –preguntaba Galtieri.

–¡Presos!

–¿Presos? ¡Se cogen a los presos! –dijo alguien de atrás.

–Eso ahora, para asustar, para amedrentar, ¿pero vos te creés que justo te van a coger a vos si tienen otros diez mil tipos para elegir?

–Por ahí sí, por ahí te cogen.

–¿Dónde presos? –volvía al tema Galtieri.

–Hacen campos de concentración. Después te piden las Naciones Unidas.

–¿Aguantaremos? –preguntaba Rubione.

–Sí –dijo el Turco.

–¡Yo estoy por boludo! –se quejó Acosta–. ¡Yo tendría que haberme quedado desertor!

–¡Y yo que no pedí la prórroga! –dijo García.

–¿Y si nos fusilan?

–No, ¡no van a fusilar!

–¿Y allá no fusilaron diez mil...?

–De nuevo boludeces...

–Bueno, mil...

–Ponele cinco mil.

–¡Se dejaron fusilar de boludos, por no rajar!

–¿Y cómo se iban a rajar? –era el puntano.

–Firmenich se rajó.

–Ése era vivo.

–Es vivo. ¡Pero tenía pelotas ése!

–¿Por?

–Ése amasijó al presidente. Lo secuestró y lo amasijó cuando tenía quince años de edad...

–¿En serio?

–Sí, a Aramburu, era militar –general–, Firmenich lo amasijó, y era un pibe... ¡de un tiro!

–¡Joda! –dudó alguien.

–¡Cierto! –confirmó Viterbo.

–Y a los dieciséis, él con diez tipos más, pendejos como él, tomaron una cárcel militar y soltaron a mil guerrilleros que había presos... Fue en Rawson, cerca de mi pueblo... Después secuestraron aviones y los llevaron a Chile.

–¿A Chile? ¿A Pinochet?

–No, en esa época Chile era comunista.

–¿Comunista Chile?

–Sí... ¡Si Fidel Castro fue a esperarlo a Firmenich cuando fue con los aviones secuestrados llenos de presos!

–Menor que nosotros.

–¡Y se rajó!

–Muchos rajaron.

–Por eso no pueden ser diez mil ni quince mil...

–¿Qué edad tiene ahora?

–Treinta.

–Como un capitán joven.

–Pero éste tiene la guita loca, miles de palos verdes tiene.

–¿Dónde está?

–En Europa, en Cannes, o en Montecarlo, por ahí...

–¿Y qué hace?

–Se prepara para venir.

–Sí, ¡lo van a dejar venir! –dudó el Turco.

–Y por ahí... Si hay elecciones...

–Nunca más va a haber elecciones aquí.

–¡Ah, no...!

–No, ¡nunca más! ¿No viste que no hay libretas de enrolamiento? Antes había, tenían un espacio para poner el voto, ya ni las hacen. Mi viejo tiene –dijo Viterbo. Era un político.

–Si hay elecciones ¿lo votarías?

–¿A quién...?

–A Firmenich.

–No... yo no votaría a nadie, ¡que se vayan todos a la puta madre que los remil parió!

–Che... ¿desde qué edad se vota?

–Desde los veinte, ¿no?

–Yo no creo que salga presidente Firmenich.

–Yo no creo que se hagan votaciones...

–Mi viejo en Montevideo –habló el uruguayo– fue guerrillero... ¡Era tupamaro!

–¿Eran católicos ésos, no?

–No... nacionalistas. También los mataron a todos... –dijo el uruguayo.

–¿Y tu viejo hizo guita?

–No, traer no trajo nada... ¡pero por ahí dejó escondida en Uruguay! Dice que alguna vez vamos a volver.

–¿Te imaginás, Negro...? ¡Llegás y te encontrás con toda la guita!

–Sí... Pero la guita de antes ya no sirve.

–Los dólares y las libras y las monedas de oro siempre sirven –dijo el Turco.

Seguían tomando. Hablaban todos a la vez.

## 5

Se fueron a dormir, pero en el espacio que llamaban la chimenea lateral algunos seguían hablando. Llegaba desde allí el reflejo amarillento de una linterna mortecina. Se acababan las pilas. Él se volvió hacia la pared de arcilla apretada. En algunos lugares, el reflejo de la linterna hacía ver los brillos que largaba una sustancia parecida a la mica. Esa pared daba a los bordes de la sierrita, allí donde había una cornisa de nieve y estaban enterrados los muertos. El olor de los muertos, se imaginó, era el olor de esa pared: olor a arcilla recalentada por los vahos de la estufa de coque del almacén de abajo. Los del costado hablaban todavía: voces confusas por el sueño. Que no habría que darles nunca más de tomar, le dijo al Ingeniero que dormía a su lado. «Que no», le dijo el otro. «¿Cuántos Tres Plumas quedarán?», dijo al Ingeniero, como preguntándoselo a sí mismo. «Che, Pipo, ¿cuánto queda?», dijo el Ingeniero. Pipo estaba bien desvelado y dijo en voz baja, para que solamente lo escucharan los Reyes: «Treinta botellas». Él dijo que se prohibía el Tres Plumas, que quedaba nada más para los Magos. El Turco tampoco se había dormido y opinó que eso le parecía muy bien. Querían dormir; los otros seguían cuchicheando.

–Shhh –les protestaron, y el murmullo bajó.

Casi se había dormido cuando una voz le habló contra la oreja.

–Che, ¿por qué llora el uruguayo?

Se estiró en la bolsa de dormir. No había oído llorar.

–Es porque está mamado. No hay que darles nunca más de tomar.

–Tenés razón –dijo la voz contra la oreja.

Él también se sentía borracho. Era como un placer bajando más calor, de la cabeza hacia las piernas. Calentaba, entibiaba, hacía que todo pareciera más fácil y permitía creer que aquella guerra se terminaba pronto. Podía también pensar que volvía, y que todo el trámite de acabar, dejar la isla y volver a su casa era muy fácil, ya estaba en el taller, ya estaba cerca de su casa.

El uruguayo hablaba ahora a los gritos. Decía llorando que lo iban a matar y que el padre tenía millones en Montevideo esperando. «Él esperó para que yo tuviera veinte –lloraba– para gastárselos conmigo y ahora yo me voy a morir.» Decía algo así. Lloraba –dijo– no por él, sino de lástima del padre, que esperó y ahora que él ya se iba a morir la plata no le servía para nada.

Nadie le contestaba. De a uno, todos se iban durmiendo. Después calló y sintió que otros dos seguían hablando en voz tan baja, que no supo entender si era porque los Reyes dormían, o porque estaban escondiéndoles algo. Hizo un esfuerzo para oír. Sintió calor. Se quitó la tricota, sentado sobre las lonas que le hacían de colchón a la bolsa. Brillaban esas micas en la pared oscura. Hizo una almohada con la tricota. Trató de oír y notó que una voz era la de Viterbo, de guardia a la entrada del tobogán. Sentía más calor. El calor da sed. Los Reyes Magos deben dar el ejemplo y no tomar agua. Tomar té o mate. Sudando da más sed. La llamita azul de la estufa alumbraba el almacén de Pipo, habría que apagarla o bajarla. Cerró los ojos. Se le movía la montaña. Giraba con él. Si abría los ojos se paraba. De vez en cuando venían vibraciones, explosiones, la guerra. Se movía todo. Volvía a mirar el brillo de la mica.

Paraba; pensó en la casa, en los talleres, la gomería y el taller grande de chapa y pintura. Estaba preparándose un Taunus para correr, le hablaba a su mecánico sobre la guerra, pero el piso giraba. Abrió los ojos: las micas no brillaban, Viterbo había apagado la linterna. «Che, Turco: ¿estás despierto?» «Sí», dijo el Turco. «Estoy mareado.» «¿Estás mamado?» «Sí.» «Yo un poco también.» «Che, Turco... ¿te parece...?» «¿Qué?» «¿Que éstos pueden votar?» «¡Éstos no pueden nada!», dijo el Turco y «¡dormite!». Hizo más fuerza por dormir. La montaña dejó de moverse pero pronto empezó a girar al revés, como para enrollar algo que antes hubiera estado largando a la noche afuera. «¡Che Ingeniero! ¡Che...!»

A la mañana siguiente, mientras esperaban las noticias de afuera, sacaron a Pipo del almacén y los cuatro Reyes se encerraron entre las bolsas y los cajones que rodeaban la estufa. Viterbo cebaba. Pasó el mate. Le mandó al Turco:

—Yo cebo, vos hablá.

—Nada —dijo el Turco. Los miraba a él y al Ingeniero y les decía—: Quiquito y vos tienen que decidir. ¿Cuáles son los peores?

—¿Los peores qué?

–Los peores pichis.

–Para mí, Manzi, Galtieri y el marino. Por ahí Acosta... –dijo el Ingeniero.

–Yo igual, Manzi, el marino, Galtieri, el uruguayo...

–No, el uruguayo no –dijo el Turco.

–¿Y Manzi?

–Sí, ése sí es de los peores.

El Turco dijo que sobraban pichis. Viterbo cebaba. Él preguntó que qué iban a hacer y Viterbo dijo «nada, sacarlos».

–Dárselos a los ingleses. A los otros se les dice que los llevaron los ingleses...

–¿A los ingleses? –preguntó él, no por saber, porque ya sabía.

–Sí. Ponele que a los ingleses...

Fingió creer. Pidió que le pasasen un trago de Tres Plumas y tuvo lástima por Galtieri, pero pensó que los demás tenían razón. Ese pibe no iba más. Había ya varios que no iban más. Peores que el marino eran.

Arriba había un alboroto.

–¿Qué pasa? –gritó el Turco.

–Llegaron –dijo Pipo, que cubría la guardia.

Habían llegado dos que salieron a mirar y a hacer agua con nieve.

Cerca de allí habían encontrado una patrulla helada. Los habían revisado y traían para los pichis una brújula, un largavistas, cuatro relojes y un encendedor de plata.

—El encendedor pasa a sorteo —propuso Núñez, que lo había encontrado.

—Para la mierda que te va a servir... ¡Si es a gas! —contestó Viterbo.

—¿Y eso qué?

—Cómo qué, ¿con qué lo recargás?

—Eso se consigue.

—Bueno, quedátelo —dijo Viterbo y consultó con un vistazo al Turco que hizo que sí.

—Es notable —dijo García—, los tipos mueren, pero los relojes siguen andando...

Hablaba siempre así: «es notable», «es asombroso». Era estudiante, o iba a ser. Había entrado en la Facultad de Derecho de Río Cuarto y ya quería hablar como abogado. Cuando llegó, cuando ya estaban todos los pichis organizados, creyó que hablando como un teniente podía mandar. A cada orden contestaba que no y la discutía inventando siempre una idea mejor. Decía el Turco:

—Apuntalen ese durmiente.

—No —discutía él—, esperemos que llegue el Ingeniero.

–No, se apuntala ahora –decía el Turco, nada más que por mandar.

–¡Pero es mejor que esperemos! –protestaba García.

Entonces le habló Viterbo:

–Pibe, si te vas a quedar aprendé que acá «mejor» quiere decir lo que mandamos nosotros. ¿Entendés?

Dijo que sí. Algo en la forma de mirar de los Reyes le hizo decir que sí con la cabeza, aunque tardó bastante en aprender a obedecer y de esas ganas de mandar y de hacerse el que sabía le quedó nada más que la forma de hablar.

–Che, «notable», ¿viste? –dijo uno mirando los relojes que traía en la mano...

–Aguantan bien el frío –dijo él, haciéndose el que no se daba cuenta de que lo estaban cargando.

–Che, «notable» –habló Viterbo–, ¿de qué marca eran esos relojes?

El estudiante leyó los nombres y los mostraba. Uno era Seiko.

–¡Seiko! ¡Ésos son buenos! ¡El Seiko dámelo a mí que es el mejor...!

García cumplió. Después le dijo el Turco:

–Che, esta noche me acompañás a los ingleses. Voy yo, va Galtieri –gritó–. ¡Van Galtieri, Manzi y el marino! ¿Oíste?

–Sí –dijo él.

–Bueno, ahora comé un poco y dormite.

## 6

Como oficiales, ese modo de hablar. Los tipos llegan a oficiales y cambian la manera. Son algunas palabras que cambian: quieren decir lo mismo –significan lo mismo– pero parecen más, como si el que las dice pensara más o fuese más.

Tiene que haber una guerra para darse cuenta de esto.

Decía el Ingeniero:

–La guerra tiene eso, te da tiempo, aprendés más, entendés más... Si entendés te salvás, si no, no volvés de la guerra. Yo no sé si volvemos, Quiquito –le decía–, pero si volvemos, con lo que aprendimos acá: ¿quién nos puede joder?

Pensaba que el otro tenía razón. Pero ¿volverían?

¿Regresarían?, como hubiera dicho el estudiante boludo. Hablaba así, como los oficiales. Igual que en su pueblo: salen dos del colegio, juntos. Uno se ubica a trabajar con el padre –como él–, se hace mecánico, chapista, trabaja, vende uno que otro coche, hace guita y sigue hablando como se habla, como es él. El otro se va de empleado, un corretaje, algo. Anda vendiendo cosas con un auto lustroso pero ajeno y empieza a hablar distinto. Dice «empleo» –no «laburo»–, «madre» –no «vieja»–, tutea a los mayores y gana un sueldo miserable, que se caga de hambre.

–¿Cuánto ganará un teniente? –preguntó a García.

–Trescientos palos, Quiquito. ¿Por...?

–Por saber. ¿Sabés cuánto ganaba yo...? ¡Quinientos, setecientos palos ganaba...! ¡Ganaría mil si no fuera por este Ejército de mierda...!

–¿Y eso qué? –preguntó García.

–Eso nada –dijo él–. ¡Pensaba en los boludos como vos y se me ocurrió calcular...!

El otro no habló más. Después sintió pena del estudiante: lo estaba tratando demasiado mal y lo invitó:

–Tomá, García... –le pasó un paquete de 555–. ¿Sabés inglés, vos?

García dijo que sabía un poco y guardó el paquete dentro de la casaca, agradecido. Después quiso saber:

–¿Por...?

–Por nada. Antenoche había diarios ingleses en el campamento de ellos.

–Habría que conseguir uno...

–¿Para qué? ¡Si nadie sabe inglés!

–Se encuentra –dijo García–. No estaría mal saber qué mierda pasa... ¿no?

Después calcularon con el Turco que esa noche traerían diarios del campamento inglés.

¿Quién se iba a impresionar por una muerte, por un muerto?

Esa tarde, cuando oscureció, García y el Turco salieron con los otros para los británicos. Les habían dicho que los necesitaban para cargar más cosas y ellos creyeron. Adentro, algunos pichis entendieron, otros no. Nadie habló de ellos, y cuando volvió el Turco solo con García todos festejaron por las cajas nuevas de pilas que habían traído y por los cigarrillos, que ya sobraban. Como nadie nombró a los pichis que faltaban, el Turco sacó el tema y les dijo que habían quedado con los ingleses, en garantía, y todos creyeron, o quisieron creer o hacer creer que creían: ¡Si ya habían visto más muertos y muertes que las que se podían pensar habían pasado en este mundo desde que es mundo!

Al puntano lo impresionaron los helados del trailer. Por la forma: contó que iba subiendo el camino de la cuesta de noche y que encontró el trailer que antes usaban con el tractor. Lo habían remolcado en un jeep. Venía el jeep controlando con miras infrarrojas como si los británicos fueran a avanzar por ese camino. Traía adelante dos oficiales y atrás, de guardia, sentados en el trailer, venían otros dos oficiales y dos soldados, puestos de a dos, uno frente a otro. Con el calor del jeep, los de adelante manejaban tranquilos, vigilando, o haciendo la de ellos.

«¿Quién sabe qué mierda iban haciendo?», pensaba el puntano.

Pero atrás, con viento, los del trailer se les fueron helando a remolque y cuando al fin pararon los del jeep y los llamaron –justo ahí pasaba el puntano–, ya estaban muertos, helados, bien duros.

Uno de ellos se había helado con la cabeza entre las piernas. Los otros tres seguían sentados, duros en los asientos del trailer, y parecía que hablaban de algo, medio alumbrados por el farol de atrás del jeep.

Vio el puntano cómo los dos del jeep desengancharon el remolque y se fueron por el camino patrullando, mientras él y otro pichi que iba con él aprovecharon para revisarles las carteras de plástico a los oficiales duros del trailer. Les encontraron mucha plata argentina, plata de la isla y billetes de cincuenta dólares, que después le pasaron a Viterbo.

Por entonces, Viterbo todavía hacía de banco. Le interesaba la plata, las libras, los billetes argentinos. Tenía guardados miles de dólares y cinco mil millones de argentinos que fueron juntando de los helados y de las casas vacías de la isla.

Al Turco, como a los otros Reyes, la plata no le interesaba.

–No va a servir de nada... –decía.

–Cuando volvamos... ¡cuando volvamos va a servir...! –se entusiasmaba Viterbo.

–No... ¡No va a servir una mierda...! –decía el Turco y volvía a repetir su plan–: Comida, coque, querosén, azúcar, yerba, lugar seguro. Y primero que todo: comida y carbón. ¡La plata no te va a servir para una mierda!

También en eso tenía razón.


Tenía razón. Siempre tenía razón en esas cosas, pensaba él cuando explicaba a un nuevo qué era ser pichi y cómo había que hacer para ser un pichi que sirve. Otro se hubiera contentado cuando acabaron de hacer el lugar. Cualquiera. Todos. Menos él.

–El almacén... ¡hay que agrandar el almacén!

–¿Más cosas? –preguntaba el Ingeniero, que era el que tenía que ocuparse más cuando había que agrandar los huecos.

–Sí, más –insistía el Turco–. Esto va a durar todo el invierno y hay que tener más cosas para todo el invierno.

–¡Estás en pedo...! –decían Viterbo y el Sargento al principio, antes de que llegaran los británicos.

–Ponele que sí, que estoy en pedo, pero tenemos que agrandar –daba órdenes.

Y tuvo razón: agrandaron, consiguieron más cosas y ya en el almacén casi no había lugar para guardar todo lo que habían juntado.

–El pichi guarda, agranda, aguanta –les repetía, y tuvo razón. Igual que con la gente. Tenía razón. Nadie quería que entrasen más.

–Para qué más –se quejaban todos, menos él.

–La gente sirve. Vienen más, traen más... ¡Hay que elegir que sirvan: traen cosas, tienen más conocidos en los batallones, pueden cambiar más cosas y ayudar...!

Con cada nuevo –a los nuevos los traía él– siempre alguien protestaba. El Turco no le discutía. Hablaba con los otros Reyes:

–Menos sirve un pichi, más protesta cada vez que entra uno nuevo... ¡Y ojo que al que proteste mucho lo voy a sacar al frío! –prometió.

Y una vez le habló a uno:

–¡Al que proteste mucho lo vamos a sacar al frío!

–Es que somos demasiados, Turquito –dijo ése–. ¡Somos veinticinco!

–Veinticuatro seríamos sin vos –dijo el Turco, mirando para el tobogán, para la salida. Y los otros se quedaron callados.


–Faltaría nada más un oficial, uno que sepa inglés y algún británico. Seríamos como treinta y aguantaríamos hasta el verano... –decía el Turco.

Pero ninguno de los Reyes pensaba en el verano. O la guerra se terminaba antes o algo pasaba: llegaban los ingleses, los hacían presos, cualquier cosa era más segura que aguantar el invierno.

–Pero igual –insistía el Turco a los Magos– hagamos como que tenemos que pasar todo el invierno.

Hablaba así para que trabajaran más: quería agrandar la chimenea de un lado, romper la piedra grande y tapar todos los techos con fardos de lana para perder menos calor y para proteger mejor la Pichicera de cualquier bombardeo.

No era turco. «Ningún turco es turco», explicó. Dijo que se llamaba turco al árabe. «Nosotros somos árabes, soy hijo de libanés y por eso me dicen Turco. Aquí casi no hay turcos: todos árabes. Hay armenios, que vienen de Turquía, pero son armenios, no turcos. Los turcos son sirios, palestinos, libaneses, egipcios. Ningún turco de aquí viene de Turquía...»

Era de Gualeguay. El padre tenía almacén y casa de repuestos. De ahí le venían la maña para cambiar cosas y la paciencia de guardar y de aguantarse las ganas de decir sí cada vez que los otros querían sacarle ventaja.

Tenía diecinueve años, como la mayoría de los pichis, pero parecía más, de veintidós, o veinticinco. Por ahí, de la costumbre de mandar, parecía más grande.

–Los Reyes mandan y nadie más manda y el que quiera mandar se va y no es más pichi y va a ver qué le pasa.

Así explicaban cada vez que había un problema. ¿Quién se iba a ir? Si se fuera un pichi y pasase al lado argentino contaría el lugar donde vivían los pichis y los cazaban a todos, pero a él también lo metían preso, por haber sido pichi, o lo mandaban al frío, o a ahogarse en las trincheras. Nadie iba a querer dejar de ser pichi.

Ser preso de británicos era otra posibilidad. Daba miedo:

—Se garchan a los presos. Se los garchan los gurjas, los negros esos.

—No se van a garchar a todos. Somos diez mil. ¿Cuántos tipos se necesitan para garcharnos a todos...?

—De a poco, entre todos, te garchan... —pensaba Rubione, que una vez vio gurjas y les había tomado miedo.

Eran negros, oscuros, petisos y anchos, y no miraban a la cara. La mayoría de los pichis había encontrado escots y wels, que eran las otras clases de británicos, pero gurjas no.

—Che: escots, wels, gurjas... ¿no hay ingleses?

—Todos son ingleses, los ingleses son así: escots, gurjas, wels. ¡Y todos se garchan a los presos!

—De que te garchen no estoy seguro —dijo Viterbo—. Pero de que te dejan cagar de frío, ¡eso sí!

Tiempo después, García y el Ingeniero, de vuelta del campamento inglés, dijeron haber hablado con presos que contaban cómo los británicos les pasaban picanas eléctricas portátiles para sacarles datos que ellos ni sabían.

Contaron que les habían contado que cuando los presos les hablaban, los tipos no entendían el castellano pero que igual les pasaban las maquinitas eléctricas portátiles.

—En eso, son peores que los argentinos... —dijo uno, y todos estuvieron de acuerdo.

No eran peores, eran iguales, le pareció. Los que peleaban venían mejor organizados. Los otros, los que mandaban, eran iguales. Hablaban diferente, pero no eran diferentes. ¿Qué estaban haciendo en ese sitio?

Una mañana salió a la entrada del tobogán. Cosa rara, había aparecido el sol y se adivinaban el pasto verde y las casitas inglesas, lejos. «Esto es de ellos», pensó. «Esto es para ellos». Había que ser inglés, o como inglés, para meterse allí a morir de frío habiendo la Argentina tan grande y tan linda siempre con sol. De las últimas tres semanas era ése el primer día de sol.


—¿Y por qué dicen que son peores? —preguntó Acosta.

—Porque son peores: la hacen mejor, son más organizados, más hijos de puta —dijeron los Reyes.

Y el Turco confesó que a veces tenía miedo de que los ingleses los vendieran. Explicó:

–Son capaces de cambiarnos por cualquier cosa a los oficiales argentinos. Con ellos son como iguales, se tratan como iguales, toman el té juntos. Son capaces de cambiarte por algo y hacerte fusilar. Por eso yo quisiera que tuviésemos a algún inglés aquí de pichi, con nosotros.

Las fotos del té las había traído García con el diario. Les habían dado un fajo de copias de las fotos de los oficiales rendidos tomando té con los capitanes de los barcos de la flota británica. Atrás estaban puestos los nombres de los argentinos y el nombre del lugar donde se había rendido cada uno.

–Tirémoslas –aconsejó Viterbo. Insistía en eso. Los ingleses habían pedido que los pichis las repartieran entre los de Intendencia, para apurar la rendición.

–¡Tirémoslas! ¡Que no se rindan! Que se maten entre ellos y que se vayan a la puta que los parió todos. ¡Las tiramos y les decimos que las repartimos igual...!

Y las quemaron en la estufa. Eran muchas, formaban un fajo ancho como una caja grande de municiones que se fue quemando despacio y echaba un humo agrio que hizo que a todos les picaran los ojos y les diera tos.


Tuvieron el diario inglés, pero García no fue capaz de traducir nada. Lo único que les leyó fue la fecha:

–Saturday, veintinueve, quiere decir que es del sábado veintinueve de mayo.

–¿Y qué día es hoy? –nadie sabía la fecha. Hubo que calcularla. Era el jueves tres de junio.

–Jueves tres –terminó de calcular Rubione.

–¡Tres y ya tienen el diario del veintinueve...! ¡Éstos ganan...! –dijo él.

Y se quedaron todos mirando el diario, sin entender. Después se lo pasaron a los del siete donde tenían soldados que hablaban el inglés y se enteraron de que los que habían traducido las noticias explicaron que eran todos bolazos y que tampoco los ingleses entendían lo que estaba pasando.

–¡No saben lo que pasa ni lo que va a pasar! –decía Viterbo.

–¿Y a vos qué te gustaría que pasara?

–Que gane la Argentina.

–¡Y vas en cana!

–¡Yo qué se! ¿Vos?

–Yo quisiera que pacten y que se dejen de joder.

–¿Vos?

–Que pacten, que podamos volver.

–¿Vos?

–Que ganen ellos, que los fusilen a todos, y que a nosotros nos lleven de vuelta a Buenos Aires en avión.

Idea de porteño.


Por las líneas anduvieron unos sociólogos haciendo encuestas. Preguntaban lo mismo. Dos pichis nuevos los habían visto. Contaron que buscaban saber si los soldados estaban contentos con la comida, si pensaban que la Argentina iría a ganar, si estaban bien, y les hacían nombrar las cosas que precisaban. Parece que los soldados, que hacía diez días que no veían ración caliente y que ya no podían ni aguantar el fusil, se les cagaban de risa. Al final –contó uno del siete–, a los sociólogos se los llevaron presos los de inteligencia militar, o de la policía aeronáutica, y nunca más los volvieron a ver.


Sobraba el tiempo entre los turnos de cavar. Cavaban de mañana, para que el viento tapase el ruido de las rocas. Hablaban:

–¿Qué querrías vos?

–Culear.

–Dormir.

–Bañarme.

–Estar en casa.

–Dormir en cama blanca, limpio.

–Culear.

–Comer bien... ¡Te imaginás un asadito...!

–Ver a mis viejos.

No lo podían creer. Verificaron:

–¿A tus viejos?

–Sí, y culear y bañarme –dijo el de los viejos, seguro que para no pasar vergüenza.

–¿Vos, Tano?

–Dormir en cama limpia.

–¿Y vos?

–Yo estar bien, lejos, con calor.

En el calor todos estuvieron de acuerdo. Uno dijo:

–Culear y ser brasilero.

–¿Qué?, ¿negro?

–Cualquier cosa. ¡Pero brasilero!


Habían conseguido dos radios. Se escuchaban mal pero había música. Ellos cantaban y les inventaban letras nuevas a las marchas argentinas: «No tengo pánico / de los británicos / quiero culear / morfar / bañarme / ser pichi y ¡licenciarme!...».

La radio argentina transmitía de cerca, pero se oía mal. Una tarde pasaron varias veces las arengas del comandante. Cada vez que volvían a anunciarla sintonizaban la estación británica que era mejor: ellos ponían chamamés, tangos y folklore bueno. Después aparecía una locutora que hablaba en chileno:

«Tienes tu polola y tus guaguas esperando, soldado. La mamá te aguarda...», decía la mujer. Era ridículo: ¿quién iba a creerle?

Según los bahienses, acostumbrados a tratar chilenos, «guagua» para ellos son hijos, y «polola» llaman a la mujer que todavía no se acuesta con ellos.

—¿Si no te la culeás, para qué carajo vas a querer verla justo ahora...? —decían.

Pero la música de los ingleses era mejor: los argentinos pasaban mucho rock argentino, tipos de voz finita, canciones de protesta, historia de vaguitos de Buenos Aires. Los ingleses pasaban más folklore y tangos, y cuando ponían rock, elegían verdadero, americano, Presley.

Por eso discutían los pichis: a algunos, a los porteños y a uno de los bahienses les gustaba Gieco.

–¡Es un boludo! –decían los otros. El Turco y los tres Reyes pensaban así.

–Será boludo –defendía un porteño–. ¡Pero se está llenando de guita!

A la mayoría le gustaban los rocks verdaderos.

No había guitarra. Muchos pichis decían saber guitarra.

–¡Habría que afanarse la guitarra del capellán del siete para probarlos! –decía el Ingeniero–. ¡Seguro que de tantos guitarreros que hay, ni uno sabe tocar!

Cantaban así, sin instrumento. El santiagueño imitaba un bombo con la voz, otros le tarareaban, y alguno que se sentía cantor trataba de cantar.

Después los Reyes prohibieron cantar desde el mediodía. Permitían cantar mientras picaban la piedra o los días de mucho viento.

–A ver si por cantar nos nota una patrulla y nos descubren el tobogán –se preocupaba el Turco.

## 7

Los Reyes no rezaban, nadie rezaba. Casi nadie creía en Dios. Él dudaba: Viterbo decía no creer. El Turco seguro que no creía en nada y el Ingeniero, que era hijo de evangelistas, decía creer cuando sentía miedo; después no.

Y entre los pichis, nadie rezaba. Aunque, ¿quién puede descartar que cuando se iban a dormir y se acostaban callados, pensaban y rezaban para adentro?

Nadie lo puede descartar. ¿Verdad? Los Magos decían que Pugliese se estaba volviendo loco porque una noche, volviendo con Acosta de un viaje a la Intendencia, contaron que mientras esperaban la oscuridad para entrar al tobogán sin delatar el sitio donde lo habían disimulado, cuando estaban todavía enterrados en la sierra, habían sentido voces de mujeres. Que no eran malvineras, dijo

Acosta, y que hablaban casi como argentinas, con acento francés. Él no las vio, las escuchó. Pero Pugliese dijo que él corrió a verlas, que se desenterró de la arenilla para verlas porque sintió que estaban cerca, y se asomó entre las piedras y vio dos monjas, vestidas así nomás de monjas, en el frío, repartiendo papeles en medio de las ovejas que les caminaban alrededor.

El Turco dijo que Pugliese se estaba volviendo loco. Los otros dijeron que eran visiones que se les producían por el cansancio. Acosta, que había estado en las piedras al lado de Pugliese, dijo que podía ser, pero que él había oído a las mujeres hablar y a las ovejas balar y que lo que se oye no es una visión, y que después sí vio a Pugliese acercarse haciendo un ruido con los dientes que le dio miedo; más miedo del que siempre llevaba.

Los Magos convencieron a todos de que Pugliese estaba medio loco. Muchos se vuelven locos. El Turco los puteaba porque con la historia de las monjas habían perdido no sé qué paquetito que les mandaban los de Intendencia:

—Lentos y mentirosos. ¡Y para colmo boludos y ahora locos! —recriminaba el Turco.

Pero la noche siguiente, después de la comida, llegó Viterbo con García. Habían salido a campear un cordero. De vuelta en el calor, tomando media botella de Tres Plumas, todavía temblaban.

Miraban a Pugliese. Lo miraban al Turco. Miraban a los otros y hablaban muy bajito. Contaba Viterbo:

–Las vi yo, las vio él. Hablaban. Así, como dijo Pugliese la otra noche. Dos monjas. ¡Hacía diez grados bajo cero, al menos! Le hablaron a él, a García.

El estudiante quería interrumpir, castañeteaba, hacía que sí con la cabeza y trataba de dibujar con las manos una monja en el aire.

–¿Qué eran?

–Eran monjas. ¡Las vimos! –tartamudeaba Viterbo–. Hablaban. Había corderos con ellas: las seguían.

–¿Y por qué no agarraste uno? –jodió alguien.

–Aparecieron de repente, del aire, de esa neblinita que flota arriba del suelo cuando se para el viento, nacieron.

–¿Y estaban buenas? –preguntó un porteño, y alguien rió.

Viterbo no hizo caso:

–De repente, salían. ¡Aparecidas! Le hablaron a él, a García... –se dirigió al muchacho–. ¡Contales vos...!

García habló. No paraba de temblequearle la boca:

–No sé qué decían. Hablaban en castellano...

–¿Qué dijeron? –preguntaban a García.

García hacía formitas en el aire con las manos.

–Dijeron algo como que «hermanos del amor», una cosa así –seguía Viterbo–. Yo rajé enseguida. Me asusté. Por la manera de mirarme, por la manera de aparecer, me cagué de miedo y rajé... ¡Qué iba a hacer! García al ratito me alcanzó.

Después García pudo volver a hablar:

–¡Cientos de corderos hacían crecer entre las piedras! –dijo.

Fue todo lo que pudieron sacarle.

Viterbo, en cambio, contó la historia varias veces. Agregaba, quitaba cosas, y cada vez parecía más cierta.

Las opiniones de los Reyes se dividieron. Las opiniones de los pichis se dividieron igual. Unos pensaban que era verdad y otros que también Viterbo y García se estaban empezando a volver locos y que todos se iban a volver locos. Igual impresionaba, aunque la historia que le cuentan a uno no alcance a impresionar y aunque uno no la crea, impresiona sentir la impresión que trae el que la cuenta por el solo hecho de contarla. ¿No? ¡Todos impresionados! Los Reyes y los pichis dudaban. El Turco se golpeaba las piernas tratando de pensarlo mejor. Calcularía qué provecho podría sacar a las aparecidas, pero estaba impresionado él también.

Viterbo seguía hablando. Ya había convencido a todos de que no mentía, que era verdad.

–¿Y vos, Quiquito, creés que yo creo esto que me contás? –le pregunté.

–Vos anotalo que para eso servís. Anotá, pensá bien, después sacá tus conclusiones –me dijo. Y yo seguí anotando.

## 8

Tiempo después la radio de los británicos transmitió algo de dos monjas que nadie pudo oír bien, porque estaban carneando una oveja en el almacén. El mismo día, el Turco contó que los de Intendencia habían hablado de las monjas aparecidas y que toda la tropa –lo que quedaba de la tropa– andaba muerta de miedo por las aparecidas y que ya nadie quería patrullar, con más miedo a las monjas que a los tiroteos británicos, que en esos días estaban amainando.

–Pero aquí, el que ande con miedo se vuelve al Ejército –avisaron los Magos, y de a poco, los pichis fueron hablando cada vez menos del tema, aunque se los veía más dispuestos a discutir de religiones y a escucharle al tucumano las historias de vampiros y de los hombres tigre que, según él, aparecían de noche por las sierras de Famaillá.

Lo más hablado; lo más hablado eran las quejas. Conscriptos, suboficiales y oficiales, siempre con quejas, meta quejarse. Después, entre la tropa, lo más hablado eran las cosas de los británicos. De los británicos se hablaba mucho entre los que seguían peleando, quiere decir: entre los que podían seguir aguantándose los cañonazos de los barcos, los cohetes y las bombas aéreas y los tiros que se venían de frente.

Pero después del tema de las quejas y del tema de los británicos, lo más hablado fueron ellos: los pichis y las aparecidas.

Aquellas dos y ellos veinticuatro –que habrán sido cincuenta con los entrados y salidos y los perdidos y los muertos– eran las cosas más habladas de la tropa.

Y era una suerte lo de las aparecidas, porque con tantas historias de brujería que se dijeron de ellas y todo lo que se agrandaban esas historias y las de los pichis, nadie los iba a buscar más, porque los chicos se pensaban que los pichis también eran aparecidos y los comandantes –si alguien decía que lo rondaba un pichi– creían que era una superstición de la tropa que se inventaba historias para poder ilusionarse con algo, a falta de comida.

Esto se puede confirmar preguntando a cualquiera de los salvados: se hablaba de británicos y de quejas, después se hablaba de las aparecidas y después se hablaba de los pichis, que según ellos eran muertos que vivían abajo de la tierra, cosa que a fin de cuentas era medio verdad.

¿O no era verdad que vivían abajo de la tierra?

Que eran muertos no. Aunque alguno de los pichis de la chimenea ancha –los dormidos– pudo haber creído alguna vez que estaba muerto y que toda esta historia se la estaba soñando su alma en el infierno: los ilusos abundan. ¿No?

Pero si algún pichi creyó que estaba muerto, no lo habló a nadie, por miedo de que lo echen al frío, que es peor que morirse.

En cambio, como la mayoría de los pichis eran dados por muertos de la tropa –más de uno habrá enterrado a alguien y por asco de toquetearle entre la ropa buscando la identificación habrá dicho el nombre de algún soldado que faltaba–, cuando alguno de los que seguían peleando cruzaba a un pichi conocido que iba a cambiar algo con Intendencia, decía que había visto a un muerto engordado y con barba, y entonces todos soñaban que los pichis eran muertos que habían engordado comiendo tierra abajo de la tierra.

Los que cambiaban cosas con los pichis veían la verdad. También los británicos, pero a ellos no les interesaban los pichis ni las aparecidas: querían ganar, pedían favores, regalaban cosas y –los Reyes lo pudieron ver muchas veces– miraban a los pichis con un poco de lástima.

Famoso se volvió el pichi Dorio. Lo habían dado de baja los de su batallón cuando vieron unos helados y los taparon con la nieve; como él faltó ese día –porque se había ido con los pichis–, lo dieron por muerto y hasta avisaron al regimiento. Dorio era uno de los pichis que iban a la playa, juntaban huevos de pingüino y rastreaban en la rompiente buscando restos de naufragios ingleses. En esos botes de naufragios se conseguían cosas útiles: raciones inglesas –más frescas, más sabrosas–, herramientas, abrigos y hasta agua pura en latas.

Volvían de la playa con Rubione y García. Se habían juntado los tres para desarmar un bote y venían cargados de cosas cuando pasaron por unas carpas abandonadas en el borde de la estancia de Percy. Era bastante oscuro, apenas se distinguía la forma de las carpas y caminaban muy tranquilos cuando escucharon gritos y puteadas.

Se acercaron despacio, sin hacer ruido, para ver quién andaba por ese campamento ya olvidado, y oyeron la voz de un oficial que estaba gritando y amenazando a alguien.

Frente al tipo, en el suelo, a la luz de una linterna caída, había un soldadito. Era un chico escuálido. Parecía no tener ni la edad de conscripto y lloraba. El capitán gritaba:

–¡Diga que es un británico hijo de puta! ¡Dígalo diez veces!

Y el chico recitaba:

–Soy un británico, soy un británico hijo de puta...

–¡Más veces, diga! –ladraba el oficial.

Y el chico repetía, con la voz cortada por el miedo y el frío.

–¡Béseme las botas cagadas! ¡Soldado! –mandaba el perro.

Y el chico se arrastraba por la luz de la linterna y lloraba y le besaba las botas.

A todos les dio asco. Asco, rabia, todo eso. El tipo ahora amenazaba:

–A ver, ¡chúpeme la pija! ¡Soldado! –y se soltaba la bragueta con la izquierda mientras seguía apretando la Browning en su derecha.

Entonces vieron que Dorio tiraba las bolsas a la nieve y se le iba de atrás al oficial, justo cuando el soldado estaba por empezar a arrodillarse, muerto de miedo, temblando, y oyeron la explosión, o el tiro: un ruidito.

Sonó muy suave, como una veintidós, y le pegó en la espalda al tipo, porque se vio que soltaba la pistola con desgano y apenas se tambaleó, antes de darse vuelta, como mirando qué pasaba.

Entonces el soldadito escapó hacia un médano que había ahí cerca y se perdió en la oscuridad, mientras los otros pichis notaban una cosita verde en la espalda del gabán del milico, una manchita que iba creciendo y que el hijo de puta no supo qué era, porque seguía buscando dónde estaba el que le había tirado.

–¡Qué pasa! –gritaba el hijo de mil putas sin entender.

Pero los pichis sí entendieron y Rubione codeaba entusiasmado a García para que viera cómo la lucecita verde pegada en el gabán empezaba a crecer, y se diera cuenta de que Dorio le había tirado con una de esas bengalas de auxilio de los botes ingleses.

Dorio, para entonces, se había escapado y los llamaba desde el médano. Ellos corrieron dándose vuelta, porque no querían dejar de ver cómo la luz verde crecía, se volvía grande como un plato, después se hizo como toda la espalda, y después fue todo el cuerpo, la cabeza y los brazos del hijo de remil putas que aullaba y hacía señas como de auxilio. Ellos se quedaron un buen rato en el médano mirando cómo se revolcaba por el suelo mientras el aire les llevaba un olor a carne quemada, que parecía asado en mezcla con humo de cohete.

Cuando Rubione bajó del médano para robarse la linterna que había quedado prendida cerca del fuego verde, vio que por donde se había arrastrado el oficial queriéndose apagar, había nada más un montón de cenizas calientes, que cuando alguna de las rachas del viento frío de aquella noche les soplaba por encima, largaban un chisporroteo verdoso.

Uno –suelo pensar– se alegra de que sucedan estas cosas.

El soldadito nunca apareció. Les hubiera gustado llevarlo para los pichis. Parece que había reconocido a Dorio, porque había sido de su batallón, y que anduvo después por el pueblo contando que lo había salvado un pichi muerto –el pichi Dorio–, al que se le hizo fama de quemar con rayos verdes de bajo tierra a todos los degenerados que por entonces empezaban a abundar.

Y siempre que moría o desaparecía un hijo de

puta, se le echaba la culpa al pichi Dorio, el mila-
groso.

Si el chico aquel no se murió y vive en alguna
parte, todavía hoy debe creer que vio una apari-
ción y el recuerdo de aquello verde saltando y arras-
trándose nunca se le va a ir de la cabeza, porque
esas cosas, de la cabeza, en una vida, no se borran
así nomás.

SEGUNDA PARTE

El polvo químico. En esas putas islas no queda un solo tarro de polvo químico. ¿Por qué lo derrocharon? Lo derrocharon, lo olvidaron, ¡no queda un puto jarro de polvo químico!

Ni los ingleses ni los malvineros, ni los marinos ni los de aeronáutica; ni los del comando, ni los de policía militar tienen un miserable frasquito de polvo químico, tan necesario. No hay polvo químico, nadie tiene.

Con polvo químico y piso de tierra, caga uno, cagan dos, tres, cuatro, o cinco y la mierda se seca, no suelta olor, se apelotona y se comprime y al día siguiente se la puede sacar con las manos, sin asco, como si fuera piedra, o cagada de pájaros.

Así cagaban antes, hasta que se agotaron las existencias de polvo químico. ¿Dónde habrá polvo químico? ¡Un bidón, diez cajas de cigarros, treinta raciones! ¡Cualquier cosa por un tarro de polvo químico aunque esté abierto y medio húmedo! Pero no hay. Sin polvo químico hay que cagar afuera, en el frío, de noche, para que nadie reconozca la entrada del tobogán. Algunos pueden ir, otros no pueden. Diez días sin cagar, hubo hombres. Tres días, cuatro, cinco días pasaron otros sin cagar y otros cagaron a la luz, mientras esperaban lejos que llegara la noche para volver de alguna misión.

Cagar de día es arriesgarse a ser visto y bajado de un tiro. No falta quien por hacer puntería tire sin orden, cuando ve a alguien lejos cagando solo. Pero cagar de noche con ocho grados bajo cero es un infierno, aunque al revés.

¡Cagarse encima! El que se caga encima se hace hediondo, se escalda. Apesta a todos. El escaldado puede infectarse y le viene fiebre. La peor desgracia es quedar escaldado, apestando, infectado, con fiebre y puteado por todos a causa del olor que se desprende de la ropa.

Chocolate, cigarrillos ingleses, pilas, medias, mantas, paños de carpa, botes inflables desarmados, escafandras de buzo muerto: ¡cualquier cosa por un tarrito de polvo químico! ¿Dónde habrá polvo químico?

Por suerte se había acabado la diarrea. Las pastillas negras curaron las diarreas de todos. Las racionaron, ahora sobraban y no había nadie con diarrea.

Pero a los últimos de la diarrea, debilitados, tuvieron que dejarlos ir a morir al frío porque no se les aguantaba ni la desgracia ni el olor, cuando ya los otros pichis habían aprendido a no tomar el agua de los charcos y a formar agua buena con la nieve.

¿Dónde habrá ahora polvo químico?


Si hay algo peor que la mierda de uno o de los otros, es el dolor. El dolor de los otros. Eso no lo aguantaba ningún pichi. Que no tendrían heridos, se había decidido en tiempos del Sargento. Sin médico, sin alguien que sepa medicina ahí abajo, era inútil guardar los heridos. Lo sabían los pichis: herido es muerto. Escaldados, quemados un poco, enfermos de las muelas, se puede. Heridos no. Herido es como ser un muerto.

Pero a Diéguez, el herido, lo había llevado el Turco.

Venían juntos, bajando la loma, cada uno con sus bolsas de plástico llenas de cosas. Barranca abajo, en el oscuro, no vieron a los de la patrulla que estaban ahí sentados, tomando café; el Turco los atropelló. El oficial de la patrulla prendió un farol eléctrico y se quedaron encandilados, sin armas. El Turco se entregó. Lo rodeaban. Entendió que lo iban a matar. Tiró sus bolsas en el medio, para hacer escándalo mientras Diéguez corría a esconderse entre unos pastos. Con el entusiasmo de mirar en las bolsas, el oficial dejó la Uzi acostada, al lado del farol. Diéguez la vio, la codició por un buen rato mientras oía cómo el Turco hablaba para que lo dejaran ir. ¡Qué lo iban a dejar! No había nada que hacer. El Turco ya pensaba que Diéguez estaría corriendo para la Pichicera, pero el muchacho seguía allí, esperando hasta que se dio ánimo, saltó, pateó el farol, agarró la Uzi y se puso a tirar de cerca, al bulto.

–¡Rajá, Turco! –gritó y siguió tirando. No puede creerse que carguen tantas balas esas pistolas de Israel. Siguió tirando y después corrió para el lado de los pichis. Lo alcanzó al Turco. Volvían sin bolsas y contentos cuando les llegó volando una granada desde arriba de la loma. Al Turco la explosión lo revoleó en el aire pero no le hizo nada. Diéguez, en cambio, tenía la cara muy sangrada y la espalda rota. «¡Dejame, Turco, que me muero!», o algo así, pidió Diéguez. «No te morís», parece que le dijo, y lo cargó. Venían sin bolsas. Lo cargó hasta los pichis y lo pasó gritando por el tobogán.

Ya por entonces, Diéguez no podía mover más las piernas.

—¿Para qué me trajiste? —dijo Diéguez, y los pichis lo oían.

—¿Para qué lo trajiste? —decían los pichis.

—¿Para qué no te rajaste? —le dijo el Turco a Diéguez, y explicó a todos lo que había sucedido.


De agradecido, el Turco lo quiso tener.

Le hicieron una cama blanda de lana en la chimenea nueva. La sangre seca, que se le había helado entre los pelos y la barba, no se pudo quitar. Le dolía adentro. No movía nada, ni los brazos ni las piernas cuando acabaron de acostarlo. Se le hizo tomar Tres Plumas y genioles. No digería, vomitaba. Esa noche empezó a quejarse.

Al día siguiente se quejaba todo el tiempo. Cada vez que respiraba, en el momento de soltar el aire, se quejaba. Era como un mugido que ponía los pelos de punta. Quejarse fue lo único que hizo. No podía comer, ni fumar, ni tomar los genioles. Los pichis no aguantaban oírlo. Se tapaban la cara, las orejas; nadie quería escuchar.

El Turco se pegaba fuerte la cabeza contra el durmiente de la entrada y se apretaba las orejas con los puños. Él salió. Tuvo un viaje a la playa y otro hasta los ingleses, que le dieron un respiro, porque no aguantaba quedarse ahí oyéndolo quejarse. La última noche, antes de que muriera Diéguez, encontró una manera de soportar: tenía que respirar a la par del quejoso. Respiraba a la par y cuando adivinaba que se venía el alarido, al mismo tiempo, también él se quejaba a la par. Así se le producía alivio. En lo oscuro, algún pichi le copió el método, y al rato, como un coro, sonaban varios pichis quejándose. Pero los otros no entendían: los pateaban, puteaban y pedían que se callaran como si precisasen escuchar nada más que el quejido del que se iba a morir.

Cuando se murió Diéguez todos se aliviaron. Durante un rato y hasta que oscureció y pudieron sacarlo, abajo, en el almacén y en las dos chimeneas, parecía que les faltaba algo fundamental, y después, entre el trabajo de sacarlo y el reparto de las raciones y las noticias que traían otros desde afuera, se olvidaron de los quejidos y de Diéguez. Eso ocurrió poco antes de que llegaran Rubione y Acosta a los pichis. Habrá sido por mayo, fines de mayo.

## 2

Cavando sólo de mañana, muchas nevadas, más el retiro de las líneas argentinas, les sobró el tiempo. No había mucho que hacer. Manuel contaba películas: cada día, una o dos películas nuevas; nadie las conocía. Era muy raro que nadie conociera esas películas. Manuel era porteño; los otros porteños tampoco las habían visto. ¿Iría a otros cines, cines especiales? ¿Las estaría inventando él?

Acevedo contaba cuentos. Todos cuentos de judíos. Siempre uno nuevo. ¿Cómo podía saber tantos cuentos de judíos? A veces contaba alguno repetido, pero igual reían, porque cuando se escucha un cuento conocido y se sabe el final, igual divierte la variación de la manera de contarlo, o la manera misma de contarlo. Acevedo –se dijo– para lo único que servía era para contar cuentos judíos. Pero, ¿cómo tantos?

–Che... ¿cómo mierda sabés tantos cuentos de judíos? –preguntaron.

–¡Adivinen! –dijo él desafiando al oscuro.

–¡Y yo qué sé! –contestaron desde el oscuro.

–¡Porque soy judío...! –anunció.

Y nadie quiso creerle. ¡Si se llamaba Acevedo, un apellido tan común, argentino, que hasta calles hay! Pero mostró a la luz de la linterna –lo tenía recortado–, y pronunció palabras en hebreo y tuvieron que creerle.

Ni las películas ni los cuentos se pueden memorizar. Se oyen y se festejan, pero después, si llega alguien a medianoche con novedades y se le quieren contar los cuentos o las películas, uno ya ni se acuerda de la mitad.

–No sé por qué uno nunca puede acordarse de los cuentos y las películas –me comentaba un día–. ¿Será porque lo contaban en lo oscuro...? ¿Vos qué pensás?

Debía hablar. Dije:

–No sé. Generalmente uno se olvida lo que le cuentan. Los cuentos, las películas, se olvidan fácil. ¡Como los sueños!

–Pero decime: ¿vos creés lo que te cuento o no? –quería saber.

–Yo anoto. Creer o no creer no es lo importante ahora –sugerí.

–Claro –dijo él–, a vos lo único que te calienta es anotar.

–Sí –reconocí–, anotar y saber.


–Fechas, cuentos, caras y voces y nombres de los que se fueron: todo se olvida. Nada se puede saber bien. Saber, abajo, apenas se sabía lo que cada uno debía hacer. Y eso era por las órdenes, porque estaban los Reyes dando órdenes y casi todos las cumplían, y porque estaban los segundos como García, Rubione y Pipo que si no se cumplían las órdenes se lo avisaban a los Reyes.

–¿Querés decir que la memoria depende de los que mandan, o de lo que te mandan los que mandan? –pregunté.

–Sí, ahí era así.

–¿Y aquí? –le pregunté.

–Aquí se hace más difícil de ver.

–¿Por? ¿Porque es distinto?

–Creo que sí. ¡Vos querés hacerme pensar que aquí es igual!

–Igual no sé... Posiblemente parecido... –le dije, casi preguntando.

–No. Ni parecido es. Pensá en el frío. Pensá en el miedo. Pensá en la mierda pegada contra la ropa.

Pensá en la oscuridad y pensá en la luz que cuando te asomás te hace doler los ojos. Eso –me insistía– no tiene nada que ver con lo que pasa aquí. –Y señalaba la ventana.


O tiene que ver: hablar del miedo por ejemplo.

El miedo, el miedo no es igual. El miedo cambia. Hay miedos y miedos. Una cosa es el miedo a algo –a una patrulla que te puede cruzar, a una bala perdida–, y otra distinta es el miedo de siempre, que está ahí, atrás de todo. Vas con ese miedo, natural, constante, repechando la cuesta, medio ahogado, sin aire, cargado de bidones y de bolsas y se aparece una patrulla, y encima del miedo que traés aparece otro miedo, un miedo fuerte pero chico, como un clavito que te entró en el medio de la lastimadura. Hay dos miedos: el miedo a algo, y el miedo al miedo, ése que siempre llevás y que nunca vas a poder sacarte desde el momento en que empezó.

Despertarse con miedo y pensar que después vas a tener más miedo, es miedo doble. Uno carga su miedo y espera que venga el otro, el del momento, para darse el gusto de sentir un alivio cuando ese miedo chico –a un bombardeo, a una patru-

lla– pase, porque esos siempre pasan, y el otro miedo no, nunca pasa, se queda.

–¿Y ahora? –guié.

–Tampoco, ya no, tampoco –dijo y me miró–.
¿Entendés?

–Sí –respondí convencido.

–No. ¡No me entendés! Seguro a vos alguna vez
habrán estado a punto de boletearte, fuiste preso,
tuviste dolores en una muela, o se te murió tu viejo. Entonces, vos, por eso, te pensás que sabés. Pero
vos no sabés. Vos no sabés.

## 3

Algunos calcularon que había más pichis por la isla. Sólo así se justificaba lo tanto que se venía hablando de ellos. Pero si hubiera habido más, tendrían que haberlos visto. Todos quisieran encontrarse con otros pichis de otros lugares. Si había más pichis, sería útil que entre ellos se conociesen.

Él pensó así una noche, subiendo al montecito que llamaban El Belgrano. Allí creyó escuchar que alguien picaba la piedra abajo. Puso la oreja contra el piso. Gateó, buscó hendijas, entradas. En la pura oscuridad nada se veía, aunque siguió sintiendo el picoteo en la piedra.

Hablaron entre los Reyes. Si había más pichis, había que buscarlos, para cambiarse –decía el Turco– lo que a unos les sobraba por lo que les sobraba a los otros.

Volvieron a revisar El Belgrano. Pichis de día fueron, revisaron la piedra, también el Ingeniero lo recorrió y en algunos momentos creyó oír que picaban, pero ni agujeros ni señales de alguien que hubiese andado por ahí encontró. Nunca encontraron más pichis que ellos mismos. Las ganas de conocer más pichis siguieron ganas, el picoteo que cada tanto se escuchaba en El Belgrano, siguió misterio.

Buscando más pichis en otros cerros, una mañana pudo ver la Gran Atracción. Él fue uno de los pocos que la vieron completa, porque estaba en la cresta de un monte, al oeste de la estancia de Gough.

Mirando al sur, se había formado un arco iris. Suavecito. La bruma gris fue tomando color –primero anaranjado– y era como un humo de color muy liviano. Después hizo su forma de arco; era un humito naranja y verde tratando de dibujar un arco, lejos, en el sur.

Una de las puntas del arco se apoyaba en el mar, al este. La otra se perdía por el oeste, sobre la zona del canal. De a poco, el arco fue tomando colores y haciéndose más nítido y él ya no lo dudó: era un arco iris con todos los colores del arco iris: colorado, violeta, naranja, verde, azul, marrón, lila y algún otro y cada vez más claro; cada vez más nítido.

Se quitó la antiparra para mirarlo. Arriba el cielo seguía gris, pero del otro lado del arco iris, en el sur, se iba limpiando hasta quedar todo color celeste cielo. Venía de sur a norte: el celeste del cielo, los colores del arco y el grisado perpetuo de la isla, eso se veía arriba.

Era raro. ¿No sería un truco de los ingleses? Seguro que era un truco de los ingleses –pensó entonces–, y la Gran Atracción que sucedió después se lo acabó de confirmar.

¡Lástima que no hubiese otro pichi allí con él para mirar juntos eso tan raro!

Lo miró solo, fumando un 555 corto, apoyado en la piedra, y hasta le dio sueño y se olvidó por un buen rato de la guerra. ¡Tener una máquina de fotos!

Se comió el salchichón de cordero que le habían dado en la estancia de Percy, tomó una lata de cerveza que tenía un barquito azul todo alrededor y después fumó otro 555, mirando el arco hermoso. ¡Saber dibujar!

Y entonces escuchó un Pucará. Venía volando bajo, a ras del cerro. Pasó tan cerca que pudo ver los bigotes del piloto argentino, pegados al micrófono. El ruido de avión que hizo temblar las piedras lo aplastó contra el piso. El piloto desde arriba no lo vio, o lo vio y no pensó que valiera la pena mirarlo un poco de costado. Ya se iba el Pucará, hacia el sur, pero llegaban otros. Ahora dos. Pasaron a la misma altura, siempre cerca, bien juntos. Sintió el doble de ruido.

Después pasaron cuatro, siguiendo a ésos. Mucho más ruido y las piedras ya casi se empezaban a mover. Esos cuatro nuevos venían siguiendo a los dos, todos yendo hacia el sur con los pilotos duros en los asientos, las bocas pegadas al micrófono y los ojos fijos en el sur.

Atrás vinieron los del montón –pasaron ocho, pasaron dieciséis–, y mirando eso que pasaba le parecía una letra «v» gigante, y después calculó que serían el doble y ya no los pudo contar porque contra las colas venían pegados tantos más, que el cielo arriba se oscureció, las piedras se movieron del ruido, y empezó un frío fuertísimo, por la sombra que hacían y el viento que soltaba la cortina de aviones volando bajo, camino al sur, al arco iris. ¡Seguro que fue un truco de los británicos!

Después volvió a contarlo muchas veces: la enorme «v» de aviones argentinos que se formó parecía un solo avión triangular yéndose lejos, que se demoró mucho –dos cigarrillos: diez minutos pitando nervioso, cómo pitaba esa mañana– en llegar al agujero azul que les formaba el arco iris.

Por eso llamaron al acontecimiento la Gran Atracción, los que pudieron verlo.

Lo que pasó después hubo varias maneras de contarlo.

Lo que él vio desde esa cresta, fue que al llegar al cielo azul la «v» de aviones se quedó pegada contra el aire, incrustada en lo azul y que después los avioncitos se desparramaron por el azul y empezaron a deshacerse sin caer. Eran como gotitas de una sustancia pegajosa los pedazos verdes de avión camuflado deshecho contra lo azul, y se fueron bajando muy despacio hacia el horizonte, como salpicaduras de aceite de motor que van bajando por un vidrio.

Otros que lo vieron desde el acantilado de la playa y desde el techo de un galpón de la estancia de Burgin lo contaron distinto, diciendo que los aviones se habían desintegrado. Según él, «desintegrado» no es la mejor palabra, tampoco «derretido». Tendría que encontrar una palabra que dijera lo mismo, entre «desintegrado» y «derretido», pero en la isla, en medio de la guerra, no había tiempo ni tampoco lugar donde buscar palabras mejores que explicaran las cosas.

Un viejo de Intendencia, que había leído el informe secreto de aeronáutica sobre la Gran Atracción, le hizo contar muchas veces lo visto, y no quería creerlo. Cada vez que iba a llevar bidones y a traer comida tenía que repetir la historia y detallar más cosas hasta cansarse. El viejo –era un teniente retirado que estaba como voluntario– siempre decía lo mismo: para él, ésa era otra de las cosas increíbles de esa guerra de mierda.

–Barcos sé –comentaba– que hay que atraen aviones, pero de a uno, y los deshacen justo antes de llegar. Ahora, que queden los aviones pegados contra el cielo, como si hubiera algo pegajoso en el cielo, eso ni me lo puedo imaginar...

–¿Vos creés? –me preguntó.

–¿Lo que decís? –le dije.

–Sí, lo que digo –dijo.

–Lo que decís lo creo –le respondí.

–¿Podés creer –me preguntaba– que muchos de los que vieron la Gran Atracción, al día siguiente ya no la querían creer más...?

–Sí.

–¿Sí qué? –me preguntó. Estaba distraído con sus recuerdos, jugando con el voile de la cortina de la ventana de la calle Las Heras.

–Sí –le recordé–, puedo creer que hay gente que

lo vio y que después dejó de creerlo. Eso sucede.

–¿Hay casetes? –volvía a sentarse.

–Sí, sobran. No te preocupés. De eso me encargo yo –le aseguré.

–No me preocupaba. Era curiosidad. Estoy cansado –dijo y comenzó a desperezarse.

Miré el reloj. Quedaba mucho tiempo. Entonces le conté, para distraerlo, el cuento de Quiroga sobre los barcos que se suicidan. Lo abrevié: van en un barco de lujo. Los pasajeros, damas y caballeros muy distinguidos, son invitados a la gran mesa de los oficiales, para beber coñac en compañía del capitán. El capitán es un viejo lobo de mar, de sienes tostadas, cabellos grises y un gran bigote color acero, con forma de bigote de oso marino. El capitán comenta que a menudo, en el océano, se encuentran barcos abandonados. Quien los encuentra sube a bordo y no ve huella alguna de tormenta ni de accidente. Todo está bien, todo está en orden, pero ni una señal de vida se halla en la extensión impresionante del barco. Las luces encienden, las radios sintonizan, las poleas de los guinches pueden girar y los motores se ponen en marcha no bien el jefe de máquinas del barco que lo encontró cambia de barco y hace girar la llave principal. Pero no se halla la menor señal de vida humana a bordo.

«¡Ni huellas de marineros ni de un ser vivo encuentran!», enfatizaba el maduro viejo lobo de mar.

Reflexionan después que es buen negocio hallarlos, porque las compañías de seguros premian a la tripulación de los barcos que recuperan barcos, pues les ahorra reponer su enorme costo con sus fondos, siempre guardados en un buen banco de Londres.

Siguen bebiendo ese coñac de sobremesa. Las damas oyen, los caballeros cambian ideas; seguro que alguien sueña con dedicarse a descubrir barcos y llenarse de plata, y un señor muy refinado y elegante, entrado en años, con una calva sostenida sobre largos y pensativos mechones de esa suerte de canas que sugieren, a la primera vista de quien lo conoce, que se trata de una persona confiable, segura, noble y poco propensa a gastar bromas, le dice al capitán que a él le consta la existencia de barcos deshabitados, y para justificar su convicción cuenta que cierta vez, en su juventud, viajando con su difunta esposa, pudo observar ese fenómeno.

Iba en el barco –cuenta el caballero–, era una mañana gris, cielo de cinc, el mar en calma chicha parecía un cristal largamente azogado por el tiempo y todo iba bien a bordo, hasta que un marinero entreabrió la ventana lateral del puente de mando, y desde allí se arrojó a la achatada y clara superficie del mar. Eso hizo: entreabrió la ventana, pasó una mirada insignificante en torno de sus compañeros del puente, y sin decir agua va se tiró a la marina y azogada superficie del agua.

Rato después, el primer oficial, a cargo circunstancialmente del timón, cedió la rueda a un cabo, fue a la ventana aún entornada, y sin decir agua va, al mismo mar, siempre azogado y gris, se arrojó con aplomo.

Lentamente, uno a uno, los tripulantes fueron siempre lanzándose por la misma ventana. Corrió el rumor en el pasaje: turistas de primera, muchos como él –el que contaba, el señor aplomado y maduro–, disfrutando de sus primeras lunas de miel.

Y después del rumor todos querían mirar la ventana entornada y uno a uno, sin comentar ni decir agua va, ni saludar, se fueron arrojando a ese mar plenísimo y ancho...

–¿Te interesa? Acaba pronto. Acordate que iban de sobremesa en un lujoso barco, y que bebían el whisky o el coñac de la sobremesa del capitán atendiendo al relato de los plomísimos suicidas cayendo sobre el mar plomizo y aguachento.

El caballero apagó su cigarro, terminó su relato, bebió el último trago de su coñac o whisky, auguró a todos muy buenas noches y sonriéndole con un dejo de viril melancolía a cada una de las damas se marchó a su camarote.

Lo veían irse a largos pasos, atravesando el elegante salón comedor del paquebote, cuando una dama de la mesa, dirigiéndose al capitán y refiriéndose inequívocamente al caballero que había contado su experiencia, dijo, con despectivo acento:

−¡Farsante...!

Y el capitán, el viejo lobo, tomó la mano de la mujer, y en ademán de detenerla, como para enseñarle que nunca se debe apresurar la calificación de las personas, le dijo, mirando, también él, cómo el señor bajaba melancólico los peldaños que unían el salón comedor con la recepción de los camarotes de la primera clase:

−¡Farsante no! Madam, ¡si este buen caballero fuese un farsante también él se habría arrojado al mar...!

¿Te gustó? De Quiroga era.

## 4

–Como a vos anotar, a él lo que más lo calentaba era hacer esas cosas: cambiar, juntar, hacer que agranden los lugares y mandar.

–Yo anotar no... A mí, ¡saber! –dijo mi voz grabada en el casete.

–Bueno, como a vos anotar y saber, a él lo calentaba hacer esas cosas. Al comienzo, a nadie se le hubiera ocurrido juntar tanto carbón, tanto paño de carpa, mantas, raciones, ropa vieja. Ni a Viterbo –el otro Viterbo, el que empezó– ni al Sargento, ni a mí ni al Ingeniero se nos hubiese cruzado la idea de juntar tantas cosas y tan lejos del pueblo. A él sí. Él precisó juntar. O primero necesitó la guerra y la posibilidad de mandar, para que le naciera aquella idea de juntar y cambiar. Si hasta a los que lo conocíamos desde antes nos llamó la atención: antes de mandar, antes de pelear, nunca le habían salido aquellas ganas.

Es que el miedo suelta el instinto que cada uno lleva dentro, y así como algunos con el miedo se vuelven más forros que antes, porque les sale el dormido de adentro, a él le despertó el árabe de adentro: ese instinto de amontonar las cosas y de cambiar y de mandar.

Solo no. Solo no hubiera podido ni se le hubiera ocurrido hacer como hizo. Solo hubiera ido con la corriente y hubiera terminado como los otros, helado, o muerto de frío en una trinchera mal dibujada. Pero el miedo, los otros y la ocasión de mandar lo convirtieron y le hicieron salir el árabe. Y el que lo veía mandando, cambiando y almacenando cosas ni pensaba que atrás de todo eso estaba el miedo. Pero es el miedo el que está atrás mandándote, cambiándote.

Un día, mientras pasaban una arenga del comandante por la radio, dijo Manuel:

—¿Escuchan? Este tipo está cagado de miedo. ¡Peor que nosotros!

Y a uno que lo escuchara sin saber eso, le parecería que el tipo estaba arengando en serio, muy seguro en su bunker, con los micrófonos, la estufa, los asistentes y los mapas con banderitas que le harían creer que ya tenía ganada la guerra.

Pero escuchado por un pichi, ahí abajo, sabiendo qué es el miedo, con todo el tiempo para pensar qué es el miedo y para qué sirve el miedo y adónde lleva el miedo, la arenga se comprendía distinto: Manuel tenía razón.

–Tenés razón –se le dijo. Todo era consecuencia del miedo.

Y a otros, el miedo les sacaba el hijo de puta que tenían adentro y perdían enseguida. Para el principio de mayo, ya no quedaba ni uno de ésos entre los pichis. Los otros pichis ya los habían acabado, o se habían ido.

Y a otros, el miedo les saca el inservible de adentro. Se volvían tan inútiles que casi nadie se los acordaba. Podían pasar tres días enteros durmiendo, comiendo las sobras de los vecinos de chimenea y sin salir a mear, para no hacerse ver por los que mandan.

De costumbre quedaron allí, porque los Magos no se los acordaban, y los otros, los que los tenían cerca, ni los nombraban porque les sentían lástima. Pero estaban ahí. Y los principales –Pipo, Rubione, García y algún otro– nunca se los cruzaban porque a la hora de los repartos de ración los inservibles se arrinconaban entre los sitios más oscuros esperando las sobras, para no llamar la atención o por vergüenza de comerse lo que los otros pichis hacían aparecer.

—Si esta guerra no acaba —amenazó Viterbo un día— vamos a tener que tirar a todos los dormidos...

—¿Cuántos serán? —preguntaba otro Rey.

Cabildearon entre los Magos: serían cinco o seis.

—Habría que tirar seis más —calculó el Turco.

—¿A los ingleses?

—A lo que sea. Si esto sigue mal, va a haber que tirarlos. ¿Qué día es hoy? —preguntó. Nadie sabía.

—Veintinueve —dijo Pipo, que estaba oyendo la reunión.

—Veintinueve —contaba el Turco con los dedos—, si esta guerra no acaba los tiramos el seis de junio.


Se calculaba cómo hacer y se calculaba hasta dónde llegaría la nieve. Había unas marcas en las piedras de arriba. El Ingeniero las señaló y les dijo:

—Hasta aquí ha de haber llegado la nieve el otro invierno...

Era muy alto, tres metros más alto que el tiraje de la estufa. Hicieron cuentas.

—Así como así, el coque puede alcanzar un mes, a lo sumo...

–Quemando papeles y madera que se consiga, y pijoteando el fuego, puede alcanzar para dos meses más... –calculó el Ingeniero.

–Entonces, desde hoy, se apaga la estufa las mañanas y se las vuelve a prender a la noche –mandó el Turco.

–¡Habría que conseguir más coque...! –acordaron los Magos.

–Y por ahí... tenemos que quedarnos dos inviernos –dijo un pichi del fondo.

Hablaba en serio; algunos creían que un pichi podía aguantar toda la vida viviendo así.

Pero entonces, verlos a ellos, después de haber visto gente verdadera en la vida, probaba que los pichis no cruzarían el invierno. Ni cara tenían: hinchados –sería por el humo de la estufa–, la barba crecida, los ojos secos y muy hundidos, el pelo duro como un cuero arriba de la cabeza y los pómulos rojos, como tienen los monos, escaldados del frío y por las quemaduras de la época en que se inició la guerra.

La cara, donde no era barba o paspadura, era piel negra, encostrada con una mezcla de la grasa que se usó para el frío y la arcilla de abajo. A veces uno abría la boca para reírse o bostezar y no se le podía creer la lengua húmeda, colorada y limpita.

¡Si de verles las caras parecía que ya estaban podridos, secos y negros por adentro también!

La ropa no duraba. Se rompía al subir a la sierra y al bajar el tobogán, que cuando no tenía barro estaba lleno de piedra dura. Los pantalones se descosían y se pudrían de la humedad del cuerpo; a algunos se les notaban cagados o sangrados atrás.

Los lampiños, como García y Dorio, se usaban para ir a la Intendencia militar, o a los sargentos de los batallones cercanos a cambiar cosas. A ésos se les buscaba ropa más decente, para hacerlos parecer más a los soldados con acomodo que en el pueblo se reconocían por la manera de estar gordos y andar siempre abrigados y limpios. El Turco quería ropa mejor para vestir a los pichis y hasta una vez pensó en arreglar una mezcla de ropa de ingleses con ropa de civiles robadas en las estancias para inventar uniformes especiales de pichis. Pero a esa altura –primeros días de junio– ya no quedaba casi ropa decente limpia en la isla y los pichis con barba –casi todos– andaban peor que pordioseros, emparchados con cintas plásticas de remendar botes salvavidas.

Los ingleses, que siempre andaban con la carita lisa

y las ropas planchadas, miraban a los pichis con lástima.

—¿Viste cómo hacen con la nariz cuando te ven? —dijo uno después de ir a buscar carbón, la vez que les dejaron sacar el coque de las estancias vecinas y trajeron entre cuatro, en tres noches, más de trescientos kilos.

—Es por el olor a mierda, por el olor a pichi —pensó el Turco.

—No. No es el olor; si de lejos y con viento viniendo del lado de ellos ya te hociquean.

—Es la manera que tienen ellos de mirar a los argentinos —dijo Viterbo, que los estudiaba desde hacía un tiempo.

—Sea por lo que sea, ¡son una mierda los ingleses! —dijo él, y sonó como una orden, y todos dijeron:

—¡Sí! ¡Son una mierda los ingleses!


Pero después los ingleses pidieron que les tuvieran dos en la Pichicera, para poner allí una estación de radio.

Viterbo se negó. Ellos insistieron. El Ingeniero, hablando con los Reyes, dijo:

—Que vengan... Si vos mismo, Turco, querías que tuviéramos ingleses entre los pichis. ¿Te acordás?

–Sí, me acuerdo –reconoció el Turco–, pero entonces no los teníamos tan junados. Nos van a jorobar.

Él estuvo de acuerdo con el Turco: los ingleses iban a estorbar y traerían problemas.

Dejaron opinar a otros pichis. La mayoría se negaba a tener ingleses, pero esa noche los oficiales de ellos insistieron. Ya conocían bien la entrada del lugar y si ellos no les permitían poner sus hombres, eran capaces de bombardearlos, o, peor, de avisar a los argentinos dónde estaban y cómo podían hacerlos presos.

Se los trajeron la mañana siguiente. Eran dos. Uno se encargaba de la radio, un equipo mediano que tenía una antena de cable que hicieron salir por el tiraje de la estufa y armaron en espiral bajo la nieve.

El otro inglés entendía un poco de castellano. Tenía la costumbre de dar órdenes que los pichis al principio cumplieron sin ganas. Mandaba a uno que estuviese en la entrada del tobogán, a otro que fuese a contar cuántos aviones aterrizaban, a otro que les sacara datos de los camiones a los de Intendencia. Comía solo y dormía poco, siempre cerca del otro inglés, en una chimenea que ocuparon mudando a los cuatro pichis que la habían picado para ellos mismos. En esos días, desde el campamento inglés les

mandaban patrullas para acercarles comida: cordero asado, huevos frescos de las estancias y latas de
Coca Cola. Cuando no estaba el Turco cerca, los
ingleses elegían lo mejor para ellos y pasaban al pichi
de guardia un paquete de sobras. Trataban sólo con
los Magos y miraban mal a todos los pichis.

–No los aguanto más –confidenció el Turco
mientras el que sabía castellano estaba afuera mirando con sus infrarrojos.

–Yo tampoco –dijo Viterbo, o alguien que estaba por ahí.

Quedaba resuelto: había que sacárselos de encima, pero alguien que entendió mal trepó hasta la
cornisa donde estaba el inglés y lo empujó con un
pedazo de durmiente. Cayó el británico de cabeza
en la nieve de abajo, porque llevaba unos equipos
de miras bastante pesados colgando del cuello, y
abajo, en la mezcla de nieve y arcilla que se había
formado con los escombros de las chimeneas, quedaron a la vista nada más que los pies, aflorando.
García tuvo que bajar después por la soguita y
colocar una piedra encima de las botas, para que
no se le notaran; con el tiempo, el peso de los equipos de espiar lo habrá ido llevando al fondo.

Los oficiales británicos ni preguntaron: mandaron otro. El nuevo era un paracaidista, bien afeita-

do como todos, y hablaba bastante castellano porque se había criado en California, cerca de México. Tenía la tonada de los artistas de las series mexicanas de televisión, y a los pichis les parecía cómico y lo llamaron el Mexicano, o el Chavo. Era muy rubio.

Por ese inglés, después de tanto tiempo allí metidos, vinieron a enterarse de lo de Manuel.

Cuando el Chavo lo vio, enseguida quiso saberle el nombre. Les preguntó a los Reyes.

–Manuel –dijo el Turco extrañándose.

Y la tarde siguiente, cuando ya estaba oscureciendo, lo llamó y le pidió que lo acompañara a tomar unas mediciones con el teodolito. Manuel salió, pidiéndole permiso a Rubione que estaba de guardia, y más tarde el pichi que se asomó para ver si ya había oscurecido, contó que los había visto caminar juntos por la cornisa, agarraditos de los guantes, tan distintos, los de Manuel –comunes, duros, ésos que da el Ejército argentino– y los del Chavo, enormes, en una tela flexible y esponjosa con el emblema de los paracaidistas pintado sobre una estrella de metal negro.

Y nadie lo podía creer, pero esa noche Manuel fue a dormir a la chimenea de los británicos y a pesar de los ruidos que producía a propósito el otro británico con la radio, se oían risitas y los gemidos de los dos. Rubione puteaba:

—¡Hace dos semanas y media que estoy, ustedes hace más de un mes, y nadie se había dado cuenta, y llega éste y al instante lo ve...!

—Es que entre ellos se descubren, se reconocen de lejos... –dijo García.

—¡Al kilómetro se olfatean! –habló otro.

—¿Habrá más? –preguntaba el Ingeniero y recorría con la luz de la linterna la chimenea donde estaban los pichis comiendo ración y que, encandilados, lo puteaban.

Seguían llegando los ruidos de ellos, mientras el otro inglés ponía la radio a captar las transmisiones secretas argentinas, que después les pasaba a los gurjas y a los paracaidistas que estaban acampando en el Fitz Roy.


Seguro alguno se calentó. El ruido, las risitas que siguieron llegando de la chimenea británica daban asco.

—Cojerse a un tipo, vaya y pase –se comentó–. ¡Pero a un pichi...! ¡Y aquí!

Y daba asco porque ahí abajo, con esa mugre,

con el olor a muerto que se filtraba por las paredes de tierra dura y el peligro de estar entre veinte argentinos que si pudieran te reventarían con el taco del borceguí, en medio de la guerra, montarse a un tipo sucio como un pichi, era algo repugnante para cualquiera: nada más a un inglés se le podía ocurrir tanta asquerosidad.

Nunca se había hablado eso, hasta que se juntaron Manuel con el paracaidista. Se había hablado que pasaban esas cosas con los presos, pero ahí abajo era distinto.

–¿Te imaginás –decía Rubione–, estás preso, muerto de frío, te invitan a comer en el casino de oficiales, mesa y mantel, y antes te dan una toallita y un jabón, ducha caliente, ropa limpia y te prometen dormir en una camita con sábanas blancas? ¡Así cómo no te van a coger!

–¿Pero te imaginás lo que debe doler...? –se espantaba el Turco.

–Mirá –decía Rubione–, la gente se acostumbra. Además... si calculás bien: ¿cuánto tiene un tipo de ancho? ¡Compará eso con el ancho normal de un sorete ancho...! ¡No hay tanta diferencia! Si lo calculás bien no hay diferencia. Además... nadie vio que los putos se quejen del dolor. ¿No? –parecía preguntar.

Pero los Reyes ordenaron que no se hablara más de eso y cuando el Turco avisó lo que le había ocurrido a un oficial de los paracaidistas, el tipo no le dio bola. Algunos, cuando el Turco se fue para el campamento británico, comentaron que a él le daba mucho asco, pero que si caía preso en un campo de concentración, seguro que organizaba un quilombo de presos para cobrarles entrada a los británicos y se ganaba una fortuna.

—¿En qué pensás...?

—En nada, anoto —dije.

—Estás pensando algo... ¿Querés que adivine...?

Seguí anotando, él dijo:

—Estás pensando en irte a Gualeguay para conocer a los viejos del Turco, para saber cómo era... ¿Acerté?

Dejé pasar el tiempo, respiré una o dos veces y recién cuando volvió a pararse y fue hacia la ventana para mirar al río le dije:

—¿Y a vos qué te parece...?

—Me parece que sí. Pensé que eso te interesaría, por eso del instinto que hablábamos la otra tarde. ¿Había acertado?

—Sí, puede ser...

–Sabés a cuántos viejos tendrías que conocer. ¡Sabés que ahora estoy convencido de que había más pichis en la isla...! ¿Qué anotás?

–Nada, eso que me decís.

–¡Si está grabando...!

–Pero igual anoto, no es lo mismo lo grabado que lo escrito –le aclaré.

–¿Y eso qué es...? –preguntó.

–Nada... un remedio para la sinusitis.

–¿Y así te lo ponés? –quiso saber.

–Sí...

–¿Por qué?

–Porque es mejor, más directo –le dije y recomencé a escribir.

–¡Me da en las bolas eso que dicen ahora de la rehabilitación! –grabó.

–Son cosas –dije– como todo... Hablan un tiempo de eso y después se olvidan.

–Pero joden –dijo–. ¡Decime algo!

–¿Qué querés que te diga?

–¿Qué pensás? Decí lo que pensás. Me jode que no digas nada, como si yo no entendiera. Vos no entendés, pero te creés que entendés y si no hablás, da bronca. ¿Entendés? –preguntó y después respondió él mismo–: No... ¡No entendés nada!

Debía hablar. Le pasé un cigarrillo –argentino–. Hablé:

–Había pensado por un momento en la rehabilitación...

–¡Qué boludez! ¿No te parece que habría que poner clínicas y traer pichis para que rehabiliten a los otros, a los que se quedaron aquí...?

–Tal vez sí –le dije–, pero no hay pichis...

–¡Pobre gente! –lamentó él. No supe de quiénes hablaba, si de los padres del Turco, de los otros padres, de ellos –los pichis– o de los soldados, o de nosotros mismos. Quizás se refería a nosotros dos.

A la mañana siguiente le mostré las primeras ciento dieciocho páginas del libro mal tipiadas por Lidia y él las miró y preguntó si podía quedarse con una copia. Dije que sí. Por entonces él estaba leyendo *Música japonesa* y había dicho que le gustaba.

–Ustedes –dijo– son como las minas: lo que más les gusta es que a los otros les guste...

Había comenzado a salir con mujeres. Durante esas horas libres yo procuraba redactar o pensar.

## 5

Si los argentinos los llaman «rusos» y los ingleses –así lo pronunciaban el paracaidista y el de la radio– les dicen «rachan», los rusos, que algunos creían que estaban por llegar, se han de llamar de cualquier manera, pero seguramente a ellos mismos no se dirán ni «rusos» ni «rachan». Los británicos, que eran los ingleses, llamaban a los argentinos «archis» y a los malvineros «jelps» y a ellos mismos se llamaban «uiners». Los porteños se llamaban porteños a ellos mismos y a los demás les decían «forros»; por eso les quedó «forro» a ellos, porque andaban siempre diciendo «forro» a un lado y a otro. Un pichi, el tano Brecelli, se tomó el trabajo de anotar todo eso. Bueno, anotar no, porque abajo el único que anotaba era Pipo, que llevaba las cuentas.

Brecelli había hecho una lista mental de las palabras y de las maneras de hablar y se las sabía de memoria, la recitaba y siempre le iba agregando cosas; y cuando aparecía un nuevo, mientras los otros le enseñaban cómo tenía que portarse, él les cantaba la lista: «al turco, 'Turco', porque no es turco, es árabe; a Acevedo que es rosarino, porque es judío, se le dice 'ruso' o 'rachan' en inglés; a los judíos, 'hijos de puta', porque escupieron a Cristo y 'gracias' porque le mandan cohetes a Galtieri; a Galtieri de acá, 'Galtieri', porque es muy boludo y se creía que íbamos a ganar; y a los forros, 'forros', porque son forros y lo único que saben hacer es forrear...».

–¡Callate, forro...! –decía el santiagueño.

–Y qué querés, si no fuera forro, no estaría aquí entre tantos negros roñosos como vos –decía Brecelli, que era porteño.

Y haciendo cuentas, se veía raro que siendo que en el país la mayoría de la gente es porteña, allí la mayoría era de provincias. Entre los pichis, casi todos eran de provincia, y lo mismo entre los soldados, todos provincianos. El tucumano jodía a los forros diciendo que los del comando habían elegido mayoría de «cabezas negras» porque el porteño no sabía pelear...

Pero pelear, pelear, en realidad, nadie sabía. El Ejército toma soldados buenos, les enseña más o menos a tirar, a correr, a limpiar el equipo, y con suerte les enseña a clavar bien la bayoneta, y viene la guerra y te enterás de que se pelea de noche, con radios, radar, miras infrarrojas y en el oscuro y que lo único que vos sabés hacer bien, que es correr, no se puede llevar a la práctica porque atrás tuyo, los de tu propio regimiento habían estado colocando minas a medida que avanzabas. Y las minas son lo peor que hay.

Va la oveja. Olfatea nerviosa. Siente que hay un cristiano cerca. Se hace la idea: «Éste me garcha, me pela la lana o me degüella para comer». Tiene miedo. Se hace la distraída. Camina despacito para el lado donde va el viento... Muerde uno o dos pastitos para disimular, para que no la noten yéndose. Pone el hocico contra el viento. Olisquea. A cien metros, antes de oscurecer, el humano la nota que está oliendo. Come ella dos o tres yuyos más y sigue toda disimulo hasta que de repente calcula que ya tiene distancia y se larga a correr.

Allí en las islas, las ovejas corren más que los perros y dan saltos. Saltan un alambrado así como así, ¡plac! Suben en el aire y saltan. Y el humano, de lejos, mira la oveja y piensa: «¡Qué animal más boludo, lo único que sabe es rajar!» Y la sigue mirando un rato, por mirar algo, a falta de otro entretenimiento mientras espera que se haga oscuro para volver al refugio y de repente el fogonazo: ¡Pac! Sucedió que abajo de la oveja había una mina y al rozarla ella se hizo como si el sol saliera, una luz fuertísima. En ese momento se la ve completa todavía en el aire, a la oveja. En el aire encoge las patas, levanta la cabeza y mira atrás retorciendo el cuello que se vuelve como de jirafa altanera y está volando alto en el aire ella y recién después revienta, justo cuando el humano escucha el ruido de la mina, esa explosión que la oveja bien debe haber oído primero. Recién entonces se empieza a deshacer la oveja: sigue la cabeza para un lado, una pata se va para el otro, un costillar con la lana chamuscada para el otro, y el lomo –la piel del lomo es lo que menos le quemó el fogonazo– queda liviana sin oveja, sigue flotando por el aire como un tapado sin dueño y tarda bastante más en volver a tocar el suelo que los otros pedazos de la oveja carneada en seco por una mina.

Y las demás ovejas –si hay– oyen, ven lo que le pasó a la amiga, y corren para otro lado, y en vez de quedarse quietas y separadas, ¡no!, se juntan y van en tropa todas corriendo. Y ése es su error, porque en cuanto se produce un nuevo fogonazo –que alguien pisó una mina– vuela ésa, se desarma como si fuera animal de juguete y después se revolean las vecinas, de a diez, de a doce, y saltan sin desarmarse –porque estuvieron lejos del fogonazo– pero igual caen muertas, la trompa contra el suelo, después de haber tratado de remontar. Y el humano se acerca, con la bayoneta en una mano y los ojos clavados en la tierra para ver si no hay minas, pues va a cargarse alguna, o a carnear a una entera, para quitarle lo mejor –trabajo difícil– y las encuentra muertas y calentitas por dentro del calor de su propia sangre y calientes de afuera, por el fogonazo y la chamusquina de la explosión.

El olor a oveja reventada por una mina es parecido al olor de cristiano reventado por una mina: olor a matadero cuando se carnean animales y llegan los peones que les trabajan en el vientre para hacer achuras.

Lo mismo: vienen los helicópteros, no se piensa en correr. Primero porque se nota que te alcanzan, de rápidos que son. Después, porque corriendo se hace fácil pisotear una mina y volar ovejita carneada por el aire. Tercero –causa principal– por lo tan feo del ruido y el olor. El olor ahoga; el ruido paraliza. Vienen volando bajo, atacan en montón: cincuenta, sesenta, cien y hasta más helicópteros se han visto juntos en el ataque. Llegan echando viento para abajo. ¿Y qué es esto tan hermoso? Esto, tan lindo, es: ¡el escape! La primera impresión del escape es buenísima, porque baja caliente. El viento bárbaro y caliente batido por las hélices pega en el suelo y rebota del suelo y entra por las costuras de las ropas, por las bocamangas de los gabanes y por los pantalones y circula y calienta todo. Es alegría el viento recalentado de los helicópteros encima. Pero después, cuando tratan de respirar, se les termina la alegría: respiran y entra el olor a querosén mal quemado de los motores, eso que ahoga. Entonces quisieran que la nieve y el barro los chupen para siempre y quieren que vuelva el frío, el aire y lo mojado y que se vaya para siempre el olor a helicóptero.

Pero lo peor, y lo que quita definitivamente las ganas de correr, y hasta las de vivir, son los tipos.

Los tipos se asoman por una puerta grande del helicóptero, miran el terreno, lo eligen y tiran su cintita que cae como una serpentina a la tierra. Por ella, que parece que se fuera a cortar, bajan británicos –escots o wels– y ver el entusiasmo que traen quita las ganas de correr y pone en su lugar el arrepentimiento de haber nacido en el putísimo año mil nueve sesenta y dos. ¡Si mirando de arriba, antes de bajar, parece que fueran a tirarse en la pileta del club de contentos! Bajan gritando; el griterío tan fuerte tapa el ruido de los helicópteros –que es como de cien locomotoras– y ya bajando se les ven las caras afeitadas, alegres, lisitas, y se les ven los dientes de Kolynos que tienen y se les ven los ojos todos de vidrio celestito que cuando miran al argentino parecen apoyarle cubitos de hielo encima del riñón.

Como si fueran a una fiesta bajan, se dan palmadas, riéndose; hacen flexiones en la cintita para caer con gracia como en un circo y cuando tocan el suelo –piedra, pasto, o restos de batalla, fierros fundidos o muertos negros– salen trotando. Si ven al argentino, lo miran y él no lo puede creer; miran a la cara, entornan los ojitos eléctricos y si no tiene armas largas, lo dejan donde está. Uno que otro lo relojea como calculándole el precio de la ropa, pero la mayoría hace no más que el gesto de lucir el estado atlético y nunca falta el hombre bajado de helicóptero que mira al argentino de perfil y lo escupe y dice algo en británico que no se entiende, ni falta el que lo pisa. A veces pisa uno y todos se desvían para pasarle en orden por encima al caído y pasan cinco, diez –hasta treinta pueden salir de un helicóptero– clavándole la bota, y el último lo esquiva, mirándolo con lástima y entonces el argentino entiende lo que debió sentir aquella oveja que se iba yendo por el campo con tanto disimulo.

A los motores de helicópteros los británicos deben ponerles esos escapes especiales para que hagan más ruido y asusten más. Y a los hombres de los helicópteros los mandan con una o dos pastillas de pelear adentro y los eligen a propósito con caras de felices, ojos de hijos de puta y medio flacos y livianos para que no hagan mucho bulto en la cabina.

Cuando los que habían visto bajar a los hombres de helicóptero supieron cuánto ganaban de sueldo –más que un general argentino, lo que es mucho decir– justificaron que se tirasen tan contentos por esa cinta fina que parece que en cualquier momento se les fuera a romper, pero les aguanta.

El que había visto helicópteros –bajadas, no pasadas de helicópteros–, ya no quería volver al frío. Quería quedarse con los pichis porque los helicópteros –el ruido, el olor y los hombres de los helicópteros– asustaban más que los Harrier solitarios que sin embargo mataban más gente. Pero en las últimas semanas, cuando ya se veía venir el final, era común cruzarse bandadas de helicópteros bajando hombres, y no tenía remedio. Preocupaba la impresión, la sensación tan fea que dejaban, más que los Harrier y sus cohetes y sus bombas de diseminación tan matadoras.

Se hablaba de que venían helicópteros, y los ingleses confirmaban por radio que sí venían y todos los pichis le esquivaban el bulto a salir. Sabiendo que había amenaza de helicópteros, los Magos no insistían mucho con las misiones, y en eso también ya veía acercar el fin. En las trincheras y en las pocas líneas que quedaban, los hombres sobrevivían temblando de miedo a encontrarse en una bajada de helicópteros. Muchos se volvían locos. De repente gritaban «mamá» o «monjitas queridas» sin razón, y se pensaba que era porque temían una bajada de helicópteros.

Mientras tanto, la radio argentina llamaba a pelear. Según la radio, ya se había ganado la guerra.

Pero, ¿cómo creerle si se veían montones de oficiales vendándose para ubicarse primero que nadie en las colas de las enfermerías?

Una noche sin frío, cerca del final, mientras los británicos atacaban con barcos al otro lado de la ciudad, el Ingeniero y Rubione vieron a un hombre bien abrigado, que fumaba con la mano derecha enguantada mientras tenía la izquierda puesta en un desprendimiento de hielo y nieve dura que se había formado en el manantial de las rocas. Rubione dice:

–Otro se vino loco...

–No, gil... no hagás ruido que después te lo explico... –le dijo el Ingeniero.

Era muy cerca de los pichis. Los dos llegaron al tobogán y el Ingeniero buscó en las bolsas de pistolas que siempre hubo en la guardia y salió a vaciar un cargador al aire, para asustar al capitán.

Cuando volvió el Ingeniero, Rubione lo esperaba con bronca:

–¿Por qué jodés a un pobre loco...? –le preguntó.

–¡Qué loco! ¡Gil...! ¿No te avivaste?

–No –dijo él y los pichis despiertos querían saber qué pasaba.

–¡Se estaba cocinando! –explicó Rubione.

–¿Qué cocinando?

–La mano, gil, se estaba helando la izquierda. Pensá un poco: es oficial, pierde una mano helada, se queda sano, calentito en el hospital, pasa a retiro con un grado más alto y va todos los meses con la mano que le quedó a cobrar el sueldo al banco. ¡No era loco!

El Turco hizo las cuentas:

–Tendrá treinta años, ponele que se muere a los sesenta, son treinta años, ¿cuánto es treinta por doce...? –gritó.

–Trescientos sesenta –se apuró a contestar García.

–¿Cuánto es el sueldo de un coronel? –decía el Turco. Rubione ya había entendido pero lo miraba con curiosidad–. ¿Cuánto es? ¿Dos mil palos? ¡Dos mil millones! Multiplicá, te da una ganancia de setecientos veinte mil millones de pesos en la vida, sin laburar.

–¿Y vos venderías una mano por esa guita...?

–Sí –dijo el Turco–. ¿Y ustedes?

–Sí –dijeron la mayoría de los pichis.

–¿Y si se le gangrena todo? ¿Y si no lo reciben en la enfermería? –temió alguien.

–Ya lo debía tener arreglado. No te olvidés que es oficial, ellos en el colegio militar estudian eso:

cálculo de riesgos, probabilidades... ¡Seguro que lo tenía todo pensado y ya habrá arreglado algo con los médicos, una coima o algo, para que lo atiendan primero y lo filtren primero que nadie a un avión o a un bunker!

—¡Pero a veces no atienden en el hospital...!

—A los giles, a los soldados...

—No, ¡y a los oficiales tampoco...!

—Porque estarían heridos de verdad, pero éste que se la estudió debe haber elegido un turno con poco trabajo. ¿Vieron que de este lado no hay bombardeo? ¡Él aprovecha esa situación! ¡Se la pensó!

—Está bien —dijo él—, un tipo con bolas así, como para cocinarse una mano, se merece la guita.

—¡Claro que se la merece! ¡Los que no la merecen son los otros, los giles!

—¿Vos lo harías...?

—Yo no —dijo el Turco, tristón—; no soy oficial, no me conocen, a mí me dan una patada en el culo y me dejan con la mano negra colgando para toda la vida. Y sin cobrar.


Ya se veía venir el final, sobraba más el tiempo. Se salía poco. Un pichi salía y topaba con filas enteras de soldados caminando a entregarse a las líneas inglesas, apretando en el guante los papelitos que tiraban de los Harrier incitando a rendirse.

A los que se rindieran antes del domingo, prometía el papel, les iban a dar doble ración de comida caliente y trato de prisioneros de guerra, con custodia de la Cruz Roja.

Daba pena ver a los flaquitos, muertos de sueño y hambre, mal vestidos, ilusionándose con el papel. Esas colas de gente fueron uno de los espectáculos más tristes de la guerra.

Iban con la mirada fija en el horizonte sur, caminaban despacio, siempre tropezándose con los zapatos rotos y esas caras de tristeza desesperada. Entre ellos había suboficiales y hasta oficiales disfrazados de conscriptos. Era triste y ridículo; los veías vestidos de conscriptos, imitando la manera de caminar de los conscriptos, pero les notabas la gordura, las canas en las nucas y la edad en la cara y te dabas cuenta de que era un disfrazado.

A veces, cuando pasaban por los restos de un bombardeo o de una batalla, algunos salían de la fila y revolvían entre los muertos buscando armas, porque como en los papelitos reclamaban que entregasen las armas y ellos venían desarmados, tenían miedo de que los ingleses no los quisieran aceptar de presos.

Alguna vez pasaba un Harrier encima de la fila y les soltaba un cohete, porque el piloto no les veía los papelitos, o porque se los veía, pero no tenía otro a quien tirarle y él, al revés de los que se iban a entregar, no se atrevía a volver a su barco o a su base con todas las armas sin usar.

Caía el cohete del avión, hacía un tirabuzón en el aire y enfilaba hacia la cola de rendidos: parecía que estaba eligiendo por dónde empezar. Atacaba a los primeros, les pasaba entre las piernas y al que no saltaba para un costado, le cortaba las piernas, por esa gran velocidad que desarrollaba, y así recorría toda la cola. Después volvía a subir, tomaba altura y desde arriba prendía luces y apuntaba directo al centro de la cola –de lo que quedaba de la cola– y recién ahí explotaba desparramando gelatina incendiaria encima de los asustados, que se volvían brasas de fuego, como si de repente Dios hubiera decidido castigar a todos los ilusos y a los cagones.

–Ilusos –decía Brecelli– porque seguro los ingleses no les van a dar ni una ración caliente. ¡Les darán un pancito y los mandan a los campos a rastrear las minas que se quedaron sin explotar...!

Pichis, pocos, todos del lado de los dormidos, se fueron a entregar. Primero les pidieron venia a los Magos. Se los dejó salir sin comentarles nada.

–Mejor... –opinaron los Reyes.

Entre esos pichis que se rindieron, a algunos los encontraron las patrullas y los fusilaron en el lugar, por desertores. Los otros se han de haber muerto de frío en los campos de presos ingleses, o andarán todavía en una barcaza rondando el polo, porque a muchos presos de aquellos días los sentaban atados en las barcazas, les conectaban el motor y les trababan el timón apuntando al sur y los largaban así, sin marinos ni timoneles, porque las barcazas, que como las armas de ellos tienen por reglamento un tiempo de uso limitado, ya no les servían más. A los británicos les divertía mirar desde la playa cómo zarpaban esas lanchas cuadradas, parecidas a barcos, llenas de presos, y se iban a toda marcha con la bandera de ellos flameando en la popa como si fueran piratas ingleses saliendo a conquistar las últimas postrimerías del mundo.


Mientras, la radio argentina seguía diciendo que se había ganado la guerra. Y en la británica, entre los chamamés y zambas que pasaban, hacían la lista de entregados, que ya no los contaban por nombres –también en eso se veía acercarse el final– sino por número de regimientos. Después hablaba la chilena sobre las guaguas y las pololas y cada tanto pasaban himnos ingleses. Si el paracaidista puto y el operador de los transmisores los sentían, se acercaban a las chimeneas de los pichis, los cantaban a la par del coro de la radio y les saltaban lágrimas de emoción, o de contentos de ir ganando. A los pichis les enseñaron una que se pasaba mucho por la radio: «My home is the ocean / My grave is the sea / And England shall ever / Be Lord of the sea». Era muy fácil de aprender a cantar pero escribirla, o entenderla, no cualquiera podía, por lo arrevesado de la fonética y de la manera de pensar de ellos; la traducción es más o menos que ellos siempre la tienen que ganar. Algo así.

Hijos de puta.

## 6

Apuntándole con un chorro de luz de las linternas, no reaccionaba. En cambio, al cigarrillo sí, de lejos reaccionaba. Igual que a la comida, a la carne en conserva y a las salchichas reaccionaba.

Pero no reaccionaba a la luz común, ni al chocolate, ni a la voz ni al silbido. A la alarma de uno de los relojes ingleses que Luciani le quitó al piloto herido reaccionaba: era raro. Rara.

Larga y blancuzca. Clara y resbalosa como un fideo tallarín. De chica medía cuarenta. Después creció; mediría cincuenta o sesenta centímetros al final. La encontró el sanjuanino en un rincón de la chimenea chica. Dijo que era una culebra y que iba a ser nada más que de él. El sanjuanino se llamaba Torraga y era peleador. Nadie le discutió. Era de él, a nadie le importaba:

—¡Es un gusano! –dijeron los de al lado.

–Una puta lombriz... –despreciaron otros.

Se movía lento –o lenta– por arriba, pero en cuanto se metía bajo la tierra aceleraba. Rapidísima. Tenía cabeza ancha, también chata, y a cada lado dos ojos grandes. Pero no serían ojos, porque no reaccionaban a la luz. Serían narices dobles, o antenas de carne, porque esas bolitas blanquecinas de los costados de la cabeza eran lo que primero reaccionaba a la alarma del reloj inglés, a la lumbre del cigarrillo y a la cercanía de la carne en conserva y a las salchichas. Era rara. O raro.

Para buscarlo, no había más que recorrer la tierra dura del piso con una brasa de cigarrillo, o un pedazo de carne. Donde estuviera, asomaba la cabecita, hinchaba y deshinchaba las bolitas que tenía como ojos, después sacaba un rulito de la mitad del cuerpo, y sacudiéndolo, hacía fuerza hasta sacar para afuera todo el cuerpo a lo largo.

Comía carne. Cuanto más podrida, más parecía gustarle. Terminaba de comer, se dejaba mirar o toquetear por el sanjuanino, y después quería volverse abajo de la tierra a hacer la digestión. Si lo apoyaban en la tierra, después de haber comido, enseguida metía la cabeza por duro que estuviese el suelo, y se zambullía sacudiendo la cola hasta desaparecer. Después había que buscarla, o buscarlo.

A veces, a la hora de comer, salía solo. Un día, aprovechando que el sanjuanino tuvo que ir a cambiar cosas en Intendencia, alguien lo enroscó en un vasito de plástico, lo tapó con tierra y con pedazos de salchicha y lo guardó entre unas bolsas de dormir, en un rincón.

–¿No vieron al *Chiqui*? –preguntó el sanjuanino al volver, viendo que era la hora de la comida y ella no aparecía. La llamaba *Chiqui*:

–No... –dijeron todos.

Comió ración y sopa muy triste el sanjuanino, esperando que su culebra o lombriz sacara la cabeza de algún lado, pero no. «¿La habrá pisado alguno?», pensaría.

Después se puso más triste. Andaba con un Jockey Club rastrillando los pisos y no aparecía. Pitaba el cigarrillo para agrandar la lumbre; después pidió un 555 y volvió a rastrillar con una lumbre inglesa y después anduvo una hora de rodillas llevando en una mano un pucho y en otra un pedazo de salchicha. Hacía marcas para rastrillar toda la cueva en orden pero la *Chiqui* no le aparecía. Después algún dormido se cansó de que lo anduvieran pateando y moviendo de un lado a otro cada vez que al sanjuanino le tocaba hurgar por su sitio y le avisó:

–¡Ahí lo tenés, dejate de joder con tu gusano...! –y señaló el vasito.

Lloraba casi el sanjuanino cuando fue al vasito. Creyó que se lo tenían muerto, pero sacó la tapa y la lombriz –bien comida– le saltó a enroscársele en la mano que debía apestar a cigarrillo y él estuvo como una hora como se habla a un perro, o a un hijo, hablándole a ella. O a él.

Y ese bicho –lombriz o lo que haya sido– fue el único animal que tuvieron los pichis en tanto tiempo.


Porque a veces bajaban un carnero al almacén, para matarlo al día siguiente, pero nadie iba a encariñarse con un bicho que al día siguiente tendría que comer. De Rubione se dijo que antes, en el regimiento, lo habían visto culeando ovejas y lo llamaron «ovejo» por eso, pero no es muy seguro, porque él llegó a la isla cuando a la mayoría de las ovejas las habían vendido o las habían explotado las minas.

Los de afuera, algunos, tuvieron perros. Perros vagos, ovejeros de estancia abandonados por los dueños; otros criaban pichones de pingüino, se encariñaban con ellos y los iban amaestrando y se enojaban cuando se les decía que nunca los iban a poder llevar al país porque en el cuartel no se los iban a permitir y porque los pingüinos no aguantan el viaje ni el calor. Se enojaban porque eso los ponía tristes, lo que es muy triste de pensar, porque al fin, no volvieron ni los pingüinos ni la mayoría de ellos.

Algunos oficiales tenían caballos quitados a las estancias y hasta quisieron hacer un equipo de polo, pero esos animales de pata ancha y paso dudoso, criados para moverse entre las piedras y arriba de la nieve, nunca les aprendieron a jugar.

Al principio se paseaban por los campos haciendo pinta arriba del caballo, mirando a los peones y los soldaditos que tomaban mate tirados en el pasto frío, con esa misma fanfarronería que después se les vio a los soldados ingleses, cuando ellos ya no andaban a caballo ni nada y estaban en los hospitales con parte de enfermo por un resfrío o un esguince.


Ya se veía venir el final, lo sentían los Reyes y los pichis más despiertos. Los otros, para eso como para todo lo demás, no veían ni el final ni nada. Por lo que se entendía del transmisor inglés, por la luz que ya en esos días era muy poca y más lechosa entre las nubes, y por las filas de rendidos que iban a entregarse con un fusil ajeno cruzado en la espalda y el papelito del contrato de rendición apretado entre guantes rotos, por todo eso se veía el final.

Y se veía por las bandadas de británicos bajando de helicópteros en todas partes y se veía también adentro de la Pichicera, por el modo aburrido de fumar y de escuchar los cuentos.

Y por las pocas ganas que tenían de comer: cada día menos ganas de comer.

Muchos se habían olvidado de pararse, comían poco y acostados y se movían agachados para salir a mear. Se los veía afuera, en la cornisa, agachados, como si hubiera un techo de vidrio arriba, aplastándolos mientras meaban.

Los Reyes no hablaban, veían venir el final. No sabían cómo terminaba, pero sabían que terminaba.

Era como en el cine, cuando se sabe que la función se acaba porque atrás ya andan los acomodadores estirando las cortinas pero se desconoce cómo termina la película, quiénes mueren, quiénes pierden, quién se casa con quién.

Y por más cosas se veía el fin. Sucedió lo del pelo: a muchos se les caía el pelo, de a mechones.

Picaba la cabeza, se rascaban y les salía como un cuerito que era un pedazo de pelo pegoteado con la mugre del pichi. De rabia, algunos se empezaban a frotar, se les llenaban las manos de pelo y se quedaban pelados completos ese mismo día. A pocos les quedó pelo, y se dijo que fue culpa de un tóxico de la comida. García opinó:

—¡Es notable! ¡Debe ser el agua con arsénico...! —y todos le creyeron, pero después se supo que ni el agua tenía arsénico, ni el arsénico hacía caer el pelo a la gente. Ése fue otro de los bolazos de la guerra que, bien explicado, con vocecita de doctor, invitaba a creer.

Pero, ¿qué costaba creer ahí abajo? Pipo, Luciani, Rubione, los otros mejores y los Reyes ya veían claro que se venía el final. ¿Para qué dudar esa vez? Los otros no; los otros estaban siempre durmiendo atrás, se les caía el pelo, se salteaban comidas sin levantarse ni para mear pero no entendían que el final, seguro, se les estaba viniendo encima.

El que estaba de guardia los escuchaba dormir y si no era sordo se daba cuenta de que estaban soñando el final. Uno roncaba, otro tosía dormido, otro se removía sacudiendo los paños y las mantas y hacía ruido como de culear y algún otro decía entre sueños «mamá», o «mamita»; también en eso el final, clarísimo, se divisaba.


¡Mamá! No hubo pichi al que no se oyera alguna vez decir «mamá» o «mamita». Despiertos, o dormidos, todos lo dijeron alguna vez. Uno salía al frío, sentía el golpe del frío contra la cara o en la garganta o en la espalda al respirar y le salía «mamita» o «mamá» de puro miedo al frío. Otro volvía, pasaba al calor, y le salía «mamá» de sólo pensar que al rato se le iba a ir el dolor de los huesos que le había colocado el frío.

Alguno habrá pensado en la madre –o todos– pero cuando decían «mamá» o «mamita», despiertos o dormidos, no habrían estado pensando en la propia madre de ellos. Era la palabra madre nomás. Si hubo uno –alguno habría– criado guacho, sin madre, igual se le escapaba la palabra, o andaría soñando la palabra mamá. Mamá de frío, de contento, mamá de calor, de sueño, o mamá de cansancio o de descanso grande, como cuando uno se llegaba al calor, se quitaba el gabán y le convidaban un vaso grande de Tres Plumas y medio se mamaba.

–¿Lo entendés?

–Sí... –dije.

–No –se volvió hacia mí–. ¡No entendés un carajo! ¿No viste ahora? ¡Les ofrecen trabajo a los vueltos! ¡Trabajo...!

–Sí –volví a decir. Entendía.

–No. ¡No entendés nada! ¿Hay casetes?

–Sí, sobran –lo tranquilicé.

–¿Cuánto vale un grabador como ése...?

–No sé –dije–. Mil palos, más o menos...

–Tres sueldos –dijo–. ¡Yo tendría que haber tenido uno como éste para grabar el discurso del coronel...!

Después agregó:

–Del coronel de la segunda vez... Del coronel de la primera vez no, ése era un infeliz.


El primero era un boludo, un amargado que recibía a los vueltos en grupitos de a diez cuando ya les habían dado ropa nueva y los habían hecho bañar y les hablaba, tristón, de que se había perdido una batalla, pero que la guerra era más que eso y que ahora había que ganarla obedeciendo y respetando al superior, porque ése era un ejército de San Martín. Era un boludo. Una vez un teniente habló en la isla de que los oficiales tendrían que hacer como San Martín y un capitán le dijo que a San

Martín, en las Malvinas, se le hubiera resfriado el caballo.

Pero al segundo coronel habría que haberlo grabado para la televisión. Hablaba a todos, había cerca de mil: había parientes, novias y políticos. Y todos los vueltos, ahí, oyéndolo, esperando que les dieran permiso para ir a la verja a buscar cigarrillos y choripanes, y el tipo hablaba y no paraba de hablar. Los de las primeras filas miraban el fajo de papeles que tenía, para calcular cuánto faltaba y le hacían señas al asistente, un pibe de la clase mil nueve sesenta y tres, que estaba al lado del coronel teniéndole el paraguas, y el pibe hacía que no con los ojos; quería decir que faltaba mucho y que no se indisciplinaran.

Y el tipo hablaba. Que éramos como el ejército de San Martín. «Heroicos», repetía. Que la batalla terminaba, que ahora se iba a ganar la guerra por otros medios, porque la guerra tenía otros medios: «La diplomacia, la contemporización», decía, y que nosotros íbamos a volver a los arados y a las fábricas –imaginate vos las ganas de arar y fabricar que traían los negros–, y que ahora, luchando, nos habíamos ganado el derecho a elegir, a votar, porque íbamos a votar –imaginate las ganas de ir a votar y de elegir entre alguno de esos hijos de puta que estaban en los ministerios con calefacción mientras abajo los negros se cagaban de frío– y que íbamos a participar de la riqueza del país, porque ahora se iba a compartir, o a «repartir», dijo, y que ése era otro derecho que los soldados se ganaron en la guerra, y uno lo oía y pensaba: «¿Por qué no empezará él repartiendo el paraguas?», porque la garúa finita atravesaba la tela berreta de los gabanes que habían dado, y no era un chiste venirse sano de la guerra para morir de pulmonía en un cuartel lleno de vagos que nunca vieron chiflar un misil.

Y habló como dos horas. ¡Habría que haberlo grabado! Sequito, puro paraguas, mientras las madres y los parientes y los conocidos y los padres se apretujaban contra la verja, la mayoría tapando con el cuerpo los paquetes de sángüiches para que no se les deshiciera del todo el papel con que los habían envuelto.

Y varias veces habló de que se iba a repartir y que ahora todos íbamos a votar y uno que había sido pichi pensaba no más con verle la cara que ese tampoco había escuchado cimbrar un misil, y abajo del paraguas, cuando decía que todos íbamos a votar se le notaba que no servía, él, ni para votar ni para mandar.

–Casualmente, ayer una mina me regaló un paraguas –dijo y señaló la silla junto a mi escritorio donde colgaba un *en tout cas* fabricado en Japón. Después dijo que me había hecho un cuadro y me alcanzó un papel con el dibujo de un Harrier.

Quise ver las primeras ciento cuarenta páginas con Thony, que comenta libros en el diario de la Marina. Él le pasó la ilustración del Harrier a Moreno, que sabe de armas y comentó que el dibujo se ajustaba perfectamente a las características del nuevo prototipo de Sea Harrier inglés, que todavía no fue usado en acciones de guerra.

Pero él varias veces había visto uno. «Siempre el mismo», decía. Caminaba por el sendero que une el punto de encuentro con los de Intendencia y el campamento británico de la estancia de Percy. Allí lo sorprendió el amanecer y debió quedarse entre las piedras para no ser baleado por algún loco de esos que seguía, en medio de la guerra, probando puntería contra cualquier cosa en movimiento, y para no delatar la entrada de la Pichicera, que sólo los pichis y unos pocos británicos conocían. Acampó en la cuesta de un cerrito y se cubrió con una manta de color piedra, entre las piedras.

Se dejó dormir, sabiendo que cada hora las ganas naturales de fumar lo despertarían, y que al oscurecer lo desvelaría el golpe de negrura que se produce cuando el sol se oculta bajo el cerro trayendo el frío que llama a volver al calor con los pichis. Dormía esa vez, y no lo despertó la oscuridad ni el hambre de fumar. Lo despertó el bramido de un Harrier. Llegaba velozmente, volando bajo, se acercaba más rápido que un Pucará y que cualquiera de los aviones que había visto despegar en la pajarera. El Harrier tenía el número 666. Él ya lo conocía, varias veces le había hecho lo mismo. Se acercó velozmente y cuando estuvo encima de su guarida camuflada, a no más de cien metros de altura, se detuvo en el aire, apagó los motores, se hizo silencio y empezó a bajar despacito, sin ruido, siempre quieto en su posición horizontal, y mudo hasta casi posarse encima de él.

–Volando o en combate parecen chicos. Son chicos, más chicos que un avión chico de pasajeros, de esos de Austral, de cabotaje. Pero cuando se frenan en el aire y apagan los motores y se dejan caer de a poco encima de uno, crecen los Harrier, se hacen gigantes, y los ves como una mosca debe mirar a un pájaro o como un punto de mi firma aquí en la hoja, debería ver, si viera, al Harrier que pinté la otra mañana –dijo, señalando el dibujo.

Entonces comenzaba la batalla. Siempre era el mismo Harrier, el número 666. Para él, era una guerra individual. «En miniatura», dijo. El Harrier se frenaba en el aire, flotaba a diez metros sobre su cabeza y después levantaba la cola, hasta que la proa quedaba enfilando a su guarida, y él pensaba que si decía algo, si se movía, respiraba fuerte o miraba a la visera negra del casco del piloto, el Harrier se iba a tirar sobre él, o le iba a disparar los cohetes encima, o peor, se iba a abrir para chuparlo y triturarlo en las turbinas para llevar sus pedacitos como alimento a otros Harrier más chicos que debía haber en la bodega del portaaviones. No respiraba él. Dejaba que se apagara solo el cigarrillo. No se movía. Quería gritar. Sentía esas ganas de gritar «mamá» que comentó en otras sesiones, pero callaba. Sólo sudaba un sudor frío que en el frío brotaba de la ropa de abrigo inglesa que tanto trabajo le había dado conseguir.

–Peor que la guerra, esa guerra de nervios: ¿quién aguanta más, yo, sudando frío, o el Harrier con los motores callados? Las varias veces que me buscó, se la aguanté y gané, gané yo porque aguanté siempre –grabó. Y después volvió a grabar, respondiendo a algo que hablábamos:

–Cómo «¿por qué lo hacían?». ¿No lo ves? ¿Qué querés que te diga? Si querés que diga algo, para hacerte un favor, lo digo, pero vos sabés bien por qué lo hacían. Te colocan así, abajo del avión, lo hacen crecer, lo hacen bajar arriba tuyo y lo hacen que apunte a vos y que siga creciendo para que sepas que ellos mandan las proporciones, que ellos pueden moverlas como quieren. Que mandan. Ése es el método que tienen ellos. ¿O te creés que la guerra es tirar y tirar? La guerra es otra cosa: ¡es método! Y ellos tenían el método –dijo.

–Método –grabó mi voz.

–Te lo digo distinto –explicaba él–, es como les hacía el Turco a todos. Si a él le sobraba querosén, hacía correr la bola de que precisaba querosén, que se acababa el querosén, que todos daban cualquier cosa por el querosén. Después mandaba un pichi desconocido a la Intendencia o al pueblo, o a los ingleses, a ofrecer querosén y volvía lleno de montones de cosas a cambio de un bidón aguado que a él le venía sobrando... ¿Cuánto gana un psicólogo? –preguntó de inmediato.

–No sé, como psicólogo ganará mil, mil quinientos palos –dije.

–La mina del paraguas, ésa, me regaló mil palos ayer. Le di tu libro.

–¿Cuál?

–El que me diste, ese de las canciones japonesas. Lo hojeó y le gustó, me lo pidió para leer. ¿Tenés otro?

–No –grabó mi voz–, el editor, Pedesky, es un miserable, no me da ejemplares, tendría que ir yo a comprar. ¿Querés que te consiga otro?

–No, ya lo leí. Me gustaría leer éste. ¿Cuándo le vas a poner nombre?

–No sé. A fin de año, o el año que viene, cuando lo acabe...

–Debe ser muy aburrido escribir –comentó.

–Sí, más o menos. Como todo.

–Si vos volvieras a nacer, qué serías. ¿Harías igual?

–Sí... –grabó mi voz–, todo igual...

Después, recuerdo que dudé.

–¿Y vos? –le pregunté.

–¿Yo qué?

–Vos, ¿qué harías, si nacieras de nuevo...?

–No empecés como la tipa del otro día, «¿si fuera un animal, qué sería?», «¿y si fuera una planta?», «¿y si fuera una comida?»...

–No, en serio, ¿qué serías, qué te gustaría ser...? –preguntó mi voz.

–Por ahí –dudó y después rió a carcajadas–, ¡por ahí ser militar! ¡O psicólogo!

–¡Militar o psicólogo! –repetí con una especie de asombro.

–Sí. ¿No es igual? –justificó él.

Sí, igual, pensé yo, ahora.

## 7

–Pidió que yo me la cogiera diciéndole que ella era
¡una oveja!... –contaba. Después, la mujer le pidió
que le hablara del frío. Quería escuchar del frío y
de los muertos de frío. ¡Duros! Y ella creía que en
la guerra los tiros y las bombas sonaban como en el
cine. No podía entender cómo eran esos ruidos,
ruidos grandes, ruidos gigantescos, ruidos sin pro-
porción, gigantes y grandes que ni se oyen; vibran
adentro, en el pecho; en el vientre vibran y se mueven las cosas y las piedras, del ruido. Todo se mueve, afuera. Adentro.

La mujer no entendía. Después volvió a pedirle
que le hablara del frío y de los muertos. Grabó su
voz:

–Y le hablo del frío y vuelve a calentarse y a
calentarme y dale otra vez, a pedirme que me la

coja diciéndole que ella era... ¡un macho! ¡Diciéndole y pensando! Decime –preguntó–: ¿están todas locas las minas en Buenos Aires?

Dejé pasar unos segundos y prendí un cigarrillo americano. Cayó mi lapicera. La recogí. Vi un puntito en la alfombra. Tinta: insignificante. Volvió a hablar él; grabó:

–Yo te engrupí. Te dije militar o psicólogo, ayer. Como a la mina de los tests, te engrupí. A ella le dije que quería ser león, arbolito, piano. La engrupí. Anoche, apoliyando con la loca esa de la oveja, la del paraguas, la que me dio mil palos antes de la devaluación, pensé otra cosa... ¿Sabés lo que me gustaría? –preguntó, grabó–: Me gustaría tener una casita en el campo. De madera, con tejas, una mujer rubia petisita, de ojos claros, con chicos, que tejiera pulóveres, y tener perros, fumar en pipa mirando el fuego de las leñas y cada tanto ver por la ventana el campo, los animales, la nieve que cae, el mar cerca...

–Querés decir que querés ser un malvinero... –me apresuré. Grabó:

–Anotá que sí... Poné que me gustaría ser un malvinero y tener una de esas estancias enormes, vivir ahí, tener mujer, perro, todos rubios y fumar en pipa y mirar el pasto –cuando haya– sin que me vengan a joder los británicos ni los argentinos y sin que existan un sólo psicólogo ni una sola mina rayada en diez kilómetros a la redonda...

–Y la mina, la del paraguas, la de la oveja, la de los mil palos, quería que me calentara para calentarse más ella. ¿Por qué andan todos tan calientes por calentarse? Pensé que sería nomás en Buenos Aires, pero el domingo, en Navarro, llevé a una mina en el auto de mi cuñado y ella quería lo mismo. Más bruta, la mina, más ignorante, más del campo, pero era igual, quería calentarme más para calentarse ella más, no sé para qué. ¿Por qué todos quieren calentarse y calentarse cada vez más? –gritaba. Después salió mi voz, fue otro error:

–Calentarse. Estuvimos dos semanas hablando sobre el frío y ahora llegamos a la cuestión de calentarnos...

–Eso no tiene nada que ver –descartó.

Como el calor –contaba que es como el calor–, estás dos o tres días en el calor y lastima salir al frío. Pero los que estuvieron un tiempo en el calor –parece mentira– resisten el frío más y por más tiempo.

–Sé de autos, sé de radiadores. Uno no es muy distinto de un auto. No es que uno guarde el calor en un termo de adentro, no es posible. Cualquier mecánico lo puede demostrar. Es otra cosa –explicaba–. Si se junta calor, después de un rato al frío, el calor se va.

Pero el que estuvo un tiempo en el calor puede aguantar más tiempo el frío. Están ahí en el frío, ya se les enfriaron los termos y los circuitos del motor, y siguen aguantando, porque si llegan del calor, aunque estén fríos, se acuerdan del calor que tuvieron y pueden estar bien en el frío sabiendo que el calor existe, que el calor estuvo, que puede estar todavía ahí, esperándolos. En el frío, al que llegó desde el calor, cuando ya está frío le alcanza con saber que puede imaginarse cómo era el calor.

En cambio, el que estuvo en el frío, siempre en el frío, está frío, olvidó. Está listo, está frío, no tiene más calor en ningún lado y el frío lo come, le entra, ya no hay calor en ningún sitio, lo único que puede calentar es el frío, quedarse quieto, y en cuanto puede imaginar que ese frío quieto es calor, se deja estar al frío, comienza a helarse y el frío ya le deja de doler y termina.


–Al revés del calor –dijo otro día–, estás en el calor, llegás del frío. Sos el calor, sos calor, lo sentís.

Entra el calor, sentís: ¡Qué lindo es esto, que nunca se termine! Y sigue el calor calentando. Sigue un día, más días calienta y ya no se siente que es calor. No gusta, es eso: es aire, es el mundo nomás. Vos sos calor, todo es calor, te olvidás del calor y del frío y no te importa nada, te dejás calentar, te cocinás por el calor y te quedás como dormido y ya nada te gusta, ni el frío ni el calor, ni el aire, ni vos mismo: nada te gusta.

Me siguió hablando del calor. Después estuvo un rato mirando el techo y volviéndose para controlar la señal colorada del grabador.

Prendió un cigarrillo argentino, se levantó y caminó hacia la ventana. Miraba el río. Apartaba la cortina blanca de los cristales y miraba el puerto, y después abajo, hacia la avenida Las Heras. Eran las cinco en punto de la tarde. A esa hora hay mucho público en las nuevas galerías que acaban de inaugurar. Hay mujeres comprando, parejas que miran las vidrieras de la avenida y gente ociosa haciendo tiempo o paseando.

–Calor... –dijo, cuando volvió a sentarse. Era una tarde fresca de mediados de julio.

–No hace calor –le señalé, y después se me ocurrió que debía decirle–: ¿Sabés? Hace mucho un médico argentino aconsejaba a los jóvenes dejar las ciudades y marchar a las sierras. Decía él que las ciudades son como un baño permanente de agua tibia que ablanda y adormece a la gente. Decía que las ciudades son bañaderas estúpidas, llenas de agua caliente para estúpidos.

Escuchó, no respondió. Volvió a pararse y fue otra vez a la ventana. Un avión grande, uno de los Boeing nuevos, aterrizaba mudo en el aeropuerto de la costanera. El ruido no llegaba. El río, como siempre, se veía, desde mi ventana, marrón y chato. Me acerqué a la cornisa. Miré el cartel de la tabaquería de Zabaljáuregui que Fernando siempre sospecha que está a punto de caer. Alguna sudestada lo tirará también a él.

Volvió a sentarse. Comentó:

–Ayer estuve leyendo *Nuestro modo de vida*. La mina esa, la de los mil palos, la del paraguas, lo había comprado el lunes. Leí hasta la parte del choque en la autopista... me acordé ahora, al ver el río. ¿Te acordás de la parte que desde la oficina miran el río y ven los barcos rusos...?

–Sí –dije. Lejos de la ventana un petrolero inmenso remontaba el Canal Mitre hacia la nueva entrada del Paraná de las Palmas. Me vio mirar el río y dijo:

–Es lindo el río este... Yo antes lo llamaba Río de Buenos Aires, para diferenciarlo del Río de Quilmes, y del de Rosario. Son al final de cuentas el mismo río, ¿no?

Después grabó –lo había olvidado– un comentario sobre las bandas:

–¿Leíste en el diario de hoy la banda de cuatro pibes de la guerra que estaban afanando coches...?

–Sí –mentí–, lo había escuchado en el Ministerio.

–Cayeron demasiado pronto, ¿no? ¡Ni tiempo habrán tenido de juntarse unos mangos! –lamentaba.

## 8

Dios mío, los barcos, qué grandes son los barcos: flotan. Flotan quietos, enormes. Sube al barco y espera que el barco se mueva, que dé noticias de que lo están pisando, pero el barco se queda en equilibrio flotando quieto sobre el agua: enorme. Camina la cubierta y el barco sigue quieto, igual, enorme: no se mueve. Camina él, caminaban cientos o miles sobre la cubierta y el barco quieto. Nada se mueve hasta que empiezan a vibrar las chapas de la cubierta. Vibran las chapas, vibra la madera de lujo que cubre la cubierta, vibran las mamparas internas del barco y los sollados donde han puesto a los presos que vuelven a la Argentina: son los motores Diesel, grandes como fábricas, que se ponen en marcha. Vibra todo, pero ese barco no se mueve. Dios mío: qué grandes son los barcos, y el barco ni sabe que se mueven, que están. Quieto, flota en equilibrio quieto sobre el agua tan quieta y gris achatada.


–No se existe estando sobre una masa tan grande de barco –contaba.

Al final, cuando uno vuelve al continente, debería sonar una música. Pero también falta la música. Sólo la vibración de los motores grandes como iglesias lo acompaña.

Se pisa el continente y es duro como un barco. Se pisa Madryn, los muelles de cemento mezclado con conchilla muestran cada tanto algún tablón del encofrado que se trabó al fraguar el hormigón. Se pisa eso y se siente mover. Se mueve el continente. ¿Se mueve el continente? ¡No! Son las ondulaciones del barco, que uno llevaba acostumbradas en la memoria de dos días de flotar. Pero pronto se pasa. El continente se queda quieto, enorme.

–Vos estás –decía– pisando el puerto y pensás que eso que parecía moverse es el continente: entero, duro, enorme. ¡Y desde allí hasta Alaska y el Polo Norte es muy enorme y justo vos, en ese momento, acabaste de entrar...!

—El coronel que nos habló la segunda vez se llamaba Víctor Redondo, pero tenía la cara medio triangular y finita. Tres veces me hizo ir a explicarle lo de los pichis. Después me presentó a un piloto argentino —muchacho joven—, que me dio la mano, me la apretaba y no me la soltaba. Miraba a los ojos: no parecía militar. Hablamos como una hora sobre aviones. Después, al irme, sentí que le decían el nombre y no lo pude creer: ése se llamaba Cuadrado. ¿Sería casualidad?

Tenía la carita redonda.


Se ve alcanzado por un cohete de tierra o un tiro de artillería el avión. La punta, o la cabina, o la cola o el ala, siempre una de esas partes, se pone a echar humo blanco y después negro. Parece lastimado y el humito es la sangre que le chorrea al avión. Entonces, cuando empieza a sangrar, salta la tapa del piloto —ese plástico—, y se va por el aire, y como es transparente se pierde por el aire. Después sale algo del avión, es como un fierrito que salta para arriba, da vueltas en el aire, siempre subiendo. ¡Es el asiento del piloto, pegado al piloto, que se eyectó! «Eyectar» es una palabra que parece medio degenerada. La gente no piensa en «eyectar». La gente mira ese fierrito que da vueltas y sube y al final queda quieto en el aire, antes de empezar a caer. La gente mira y les podrías tirar con Fal desde medio metro, que igual seguiría mirando. Se copa en eso. Muchos se vuelven locos. El fierrito, parado en el aire, empieza a bajar. Baja despacio, va de a poco tomando su velocidad. El fierrito, el sillón del piloto, suelta después algo que le colgaba, como un globito color naranja. De ahí, al rato, cuando esto tiene mucha velocidad y ya viene cayendo, salen mechones blancos. Es el principio del paracaídas. El mechón blanco flamea. El fierrito, el piloto y su asiento se sacuden abajo por eso que les flamea arriba. Del mechón blanco salen bolitas rojas, azules, anaranjadas y otras blancas que se inflan de a poco. Ya es como un globo, es el paracaídas del avión, del que cuelga el piloto y todo lo que viene con el piloto. Todos miran. A esta altura del cuento nadie se acuerda del avión que cuando se le saltaron el piloto y su silla apuntó al mar y fue directo a zambullirse entre dos olas, cerca de la playa. Se acercan otros a mirar. El globo grande como una carpa de circo que baja despacito, llega casi volando. Cruza estancias y médanos, pasa entre el monte Sidney y el McCullogh y sigue como volando y pasa cerca de los techos de los galpones. Una oveja lo mira pasar. Más miran. El avión, a esta altura olvidado de todos, duerme apagado en el fondo del mar, que por estas regiones no es muy hondo. Sigue viajando el globo, es como un viaje en globo; los colores, ese tipo colgando. ¡Pero no acaba de caer! ¡Pronto se acabará la isla y él nunca termina de caer! Sigue volando. Cerca del suelo vuela a la misma velocidad de un jeep que esté bien de motor. Lo sigue un jeep. El jeep va galopando entre las piedras y en cualquier momento podría destartalarse. Atrás del jeep va un perro siguiéndolo, ladrando. Más atrás, sin aliento, van los soldados y los curiosos que quieren ver cómo termina de bajar ese globo. Toca el suelo. Lo que venía colgando –el hombre, sus cosas y el fondo del asiento– toca el suelo y después se desparrama el paracaídas lleno de hilachas, flecos, soguitas y herrajes de aluminio. Es automático. Hay un momento cuando se sueltan, automáticos, los herrajes y el piloto queda en el suelo y lo que fue paracaídas, medio desinflado, se arrastra por el campo hasta enredarse en algún palo, o en un arbolito que por la helada nunca pudo crecer. Llega el jeep, llega el perro, llegan los más ágiles, que corrían atrás. El perro sigue chumbando, copado con los restos del paracaídas que al moverse solos parecen fantasmas. Todos se acercan y rodean al piloto. Los primeros lo sientan, lo tocan, lo palmean, le destraban las sogas y le desconectan el casco con micrófonos y auriculares y el tubo del oxígeno. Los de atrás se pelean por ver. Los de adelante les pasan el casco con cables y tubitos arrancados; los de atrás se entretienen con eso. Los de adelante mueven al piloto, atrás gritan contentos. Los de cerca se miran. Tocan uno por uno la ropa del piloto y entre todos lo vuelven a acostar. Después se corren para que los de atrás puedan mirar también y dejen de empujarlos. Lo miran los de atrás al piloto y se callan y se miran entre ellos. Después dan media vuelta y se van. El piloto, acostado, es todo azul y venía muerto. Uno de los que quedan se quita el guante, lo toca y dice: «¿Cómo es posible que esté tan frío en un día así como éste?». Otros miran el cielo: gris, nublado. La mayoría se va. Los del jeep le revisan los papeles. Uno se queda para mirar fumando lejos y piensa si no habrá estado siempre en el aire flotando muerto, azul, helado, el piloto.

Los pilotos británicos traen raciones, bote inflable, pistola, largavista, billetes de diez y de cien dólares, billetes argentinos, libras de ellos, libras de la isla, cortaplumas, birome, lápiz, pañuelos, chocolate, una radio chiquita que emite una señal de auxilio –que hay que romper antes que nada, para que no alerte a los helicópteros y vengan más británicos a retirarlo– y tienen papelitos, cartas fechadas la semana anterior, fotos de la familia, carnets de clubs y credenciales de la RAF y de la RN y hasta tienen tarjetas particulares con el nombre de ellos y el domicilio: calle, número de casa, zona, distrito, condado y código postal y un par de números telefónicos a los que nadie va a llamar porque los pilotos británicos siempre vuelan azules, fríos y muertos a la tierra.

En los últimos días bajaban más pilotos. También en eso se adivinaba la cercanía del fin. Los aviones ya estarían muy gastados, o también a ellos –a los pilotos– se les estaría acabando la vida útil. Ver las cifras de lo que los británicos llaman la vida útil de las cosas asusta. Oír explicar cómo calculan ellos pone piel de gallina. A los soldados de ellos, que pelean por contrato, con pago diario, les explican igual. Muchos se vuelven locos. Impresiona oírlos. Hacia el fin, no pasaba una hora sin ver bajar uno o dos paracaídas con sus británicos colgando. Fue tan común, que a los últimos que cayeron nadie se acercó a registrarlos ni a acostarlos decentemente. También en esto se notaba el final.

Él sabía mejor que nadie que era el final pero, como todos los Magos y los pichis que se movían cerca de los Magos, desconocía cómo y cuándo sería el final. Si alguien se hubiese preocupado y se hubiera acercado a preguntarle «¿Che... Quiquito, cuándo será el final...?», él le habría dicho «¡Ya, ahora!». Y al rato habría agregado: «Supongo» o «creo».

Los dormidos seguían dormidos o despiertos en el suelo, con sueño, cocinándose al calor. No sabían cuándo iba a ser el fin ni cómo iba a ser el fin y tampoco sabían que en esos días estaban asistiendo al final. El último día, alrededor de la Pichicera, pasaban más procesiones de muchachos y de oficiales disfrazados de muchachos yendo a entregarse. Todos llevaban su papelito. Algunos se apartaban de la fila para mear, otros se apartaban de la fila para hurgar entre los restos de alguna batalla o de un bombardeo, buscando un muerto para quitarle la pistola, la Uzi, o el fusil ya oxidado. Siempre con miedo, recelando con miedo hasta de los cadáveres y de los perros mansos que habían vuelto a acercarse a la zona. A veces pasaba un Harrier y les soltaba una bomba experimental. Las estarían probando para otras guerras, porque ésa, según cualquiera de las radios, estaba terminada. Venía la bomba sin silbar y cincuenta metros antes de tocar el suelo explotaba y soltaba miles de cablecitos de acero trenzado. Los cables tenían tres puntas. Habría que haber traído uno aquí. En cada punta, de unos sesenta centímetros, tenían soldada una bola de metal del tamaño de un huevo de gallina. Los cables, por la explosión, salían girando locos con las bolas dando miles de vueltas en el aire, y así bajaban despacio --caían despacio--, pero eso era para confundir, porque así como eran de lentos para caer los cables, eran de rápidos en el girar y por ese girar mismo era que iban bajando lentos.

A algunos les pegaban en la nuca y morían secos del golpe. A otros les estrangulaban las piernas y se caían, para recibir después, boca arriba, la nube de gelatina quemante que también se había soltado de la bomba. A otros les agarraba el cuello, les enredaba cables en el cuello con casco, bayoneta y todo, y en ese lugar quedaban con los ojos saltados y la cara violeta pegada contra el fusil. Al rato de caer la bomba, la cola de rendidos se volvía a formar con la mitad de hombres y oficiales que antes. Quedaban en el suelo los cuerpos, las ropas deshechas, algunos quemados y todos con el guante derecho crispado alrededor del papelito con el con-

trato de rendición, como si fuera entrada intransfe-
rible para el gran teatro de los muertos.


Otras veces cruzaban patrullas de ingleses. Venían
los argentinos a entregarse, papelito en mano, mirando el suelo para encontrar algo que darles a los
del campo de presos. Cruzaban los ingleses. Los
argentinos se hacían a un lado para dejarlos pasar.
Los ingleses ni saludos: seguían adelante, marcan-
do el paso, inclinados, apurados, mirando al frente
atrás de su oficial. Un pichi dice, escondido, «ya vas
a ver». Viene entonces un teniente argentino. Afeita-
do. Les grita a los rendidos. «Soldados, ¡formar!»
Los rendidos forman. Guardan los papelitos en el
bolsillo y el teniente hace como que no se los ve.
Les grita órdenes, les pasa unos morteros y les in-
dica posición cuerpo a tierra. Los rendidos obede-
cen. El teniente argentino da la orden de fuego.
Quiere que tiren a la patrulla inglesa. Los rendidos
tiran uno o dos tiros de tantos que apretaron gati-
llos: armas trabadas, balas húmedas, falta de fuerza
o ganas, guantes almidonados por el barro, muchas
causas lo explican. El teniente putea, marcial. Dispara él con su pistola a la patrulla, que ya está lejos. Entonces una balita pasa chiflando cerca de los

ingleses y el último británico se da vuelta, mira a los argentinos y al teniente, codea a los que siguen avanzando delante suyo y todos paran. Se distribuyen el trabajo: uno corre a un lado con el telémetro para tomar distancia. El otro corre hacia otro lado con el goniómetro para medir ángulos. Algunos se agachan en el suelo con niveles y trípodes para montar la misilera o el mortero. Los restantes se abrazan como jugadores de rugby y confabulan. El que parecía el jefe prende una pipa chiquitita, aspira el humo y después de aspirar traga más aire y se rellena el pecho, como para empujarse bien hondo ese humo que le gusta. El del goniómetro habla por radio con el del telémetro; se tienen ahí nomás a veinte metros, pero se hablan con las radios portátiles. Al final parece que se ponen de acuerdo, le regulan el ángulo al mortero, confirman la posición y llaman al que parecía el jefe que se acerca canchero, y sin agacharse, con un pie, dispara el mortero, o la misilera. Sale el obús, o sale el misil en dirección al sitio donde el teniente argentino sigue gritando órdenes con la pistola descargada y con más rabia a los colimbas cansados que tiene ahí que a los propios británicos. Les habla. Dice que con soldados de mierda como ellos nunca se va a poder ganar una guerra y trata de recargar su Browning pero llega el misil o el obús, explota, le mata a todos los rendidos, o a la mayoría de ellos, y los ingleses se van sin siquiera contar cuántas bajas hicieron. Se los ve irse apurados, pasos largos, los cuerpos inclinados hacia adelante y la mirada celestita de vidrio fija en un punto distante todavía.

Y el teniente mira los restos de su pelotón recién formado y sacude la cabeza mientras se aleja de los caídos para fumar su Camel pensativo, sentado sobre una piedra, a la espera de próximos acontecimientos.

La mayoría de los oficiales jóvenes fumaba Camel o Parisiennes.

En los últimos días, asomándose del tobogán, se solía ver docenas de Oficiales Jóvenes Pensativos Congelados sobre sus piedras, con la pistola descargada en el guante derecho y un Parisiennes o un Camel apagado para siempre entre los labios quebradizos de hielo.

Él había sido el único que había salido esa mañana. Iba a mear entre la nieve cuando escuchó ruido de motores y pensó que tal vez se produciría otra Gran Atracción. En el cielo se estaba formando un agujerito de nubes y ya asomaba una mancha azul. Recuerda que buscó un arco iris al este, al sur, al norte y al oeste y no vio nada. Recién se terminaba el amanecer de la isla. Prendió un cigarrillo y caminó hasta la cima del cerro. Meó. Seguía oyendo el zumbido de los motores lejos. Entendió que ésa era la última o la penúltima mañana y no le importó alejarse un poco de la Pichicera; podría volver cuando quisiera porque ya a nadie le interesaría conocer la entrada del lugar. Se sentó a esperar, escuchando motores. El ruido aumentaba, pero después de unos minutos se interrumpió de golpe. Sería otra cosa de aquella guerra que quedaría por siempre sin explicación.

Siguió fumando. Prendió otro cigarrillo con la brasa del primero. Entonces llegaron unos soldados argentinos muertos de sueño. Volvían de rendirse, rechazados. Habían tocado un destacamento inglés a un lado de la estancia de Gilderdale y los de guardia no los quisieron recibir. Que no tenían más lugar, ni más raciones de recompensa, les tradujeron. Ellos venían con hambre, con sueño. Ya no sabían qué hacer. Él les mostró el camino de la playa, les enseñó dónde podían comer algas tiernas y conseguir huevitos de pingüino y les explicó cómo entre los Botes Sobrantes de Naufragios Ingleses podían encontrar agua sana y raciones. Como estaban muy débiles y soñolientos tuvo que repetirles varias veces la explicación. En eso se le fue pasando el tiempo, y ahora tendría que agradecérselo a esos pobres soldados. Por fin, el muchacho que trataba de dirigirlos pareció comprender y tironeándolos de los correajes los llevó por la bajada, camino del mar. Se despidieron. Él miró su reloj, que era de un capitán inglés helado, y vio la hora: las once y media. Tenía hambre. La intemperie y la charla con los hambrientos le habían contagiado hambre, sueño y más frío. No bien entrase a la Pichicera, pensó, pediría a alguien sus restos de ración de la noche para engañar el estómago hasta la hora de almorzar.

Desde la entrada del tobogán miró el cielo. El agujero de nubes se agrandaba, un pedazo de cielo emergía entre nubes lejanas y estaba azul. Era buena señal, quizá a la tarde tendrían sol.

El de guardia en el tobogán estaba dormido. Habría que castigarlo. Era Benítez, uno de los del fondo, al que por alguna razón –quizás porque tan claro se veía el final– le permitieron hacer guardia, lo que para cualquier pichi había sido una especie de orgullo. Lo sacudió, no despertaba. Le dio dos guantazos del revés, tampoco reaccionó: estaba muerto. ¿Se habría muerto por la emoción de sentirse elegido para hacer guardia? Llamó a Pipo: De abajo no respondían. Gritó:

–¡Pipo...!

Se asomó al almacén. La poca luz de la estufa no permitía ver. Buscó la linterna. Pipo, desvestido, abrazaba una bolsa de papas, donde guardaban papas y cebollas argentinas. Volvió a gritarle:

–¡Pipo! ¡Carajo! ¡Despertate!

Pipo no respondió. Él bajó por el pasadero para despertarlo. En el almacén lo sacudió y Pipo se soltó de la bolsa y cayó de cabeza al suelo, con su pecho desnudo de siempre. Tras él se derrumbó la bolsa y salieron rodando cuatro papas, dos cebollas, y –algo inexplicable– una naranja fresca y recién pelada. Pipo también estaba muerto. Desde abajo llamó:

–¡Turco! ¡Viterbo! –¿Dónde estarían?

Volvió al tobogán, pasó a la chimenea de los británicos.

La radio funcionaba captando a un mismo tiempo transmisiones militares inglesas y argentinas. Se puteaban por radio, ya se habían detectado los canales secretos y los ingleses puteaban en mal castellano a los argentinos y los argentinos les escupían frases inglesas que seguramente no querían decir nada. Los dos británicos estaban tirados en el piso y atrás de ellos Manuel seguía envuelto en su bolsita de dormir color rosa. Pateó a un inglés que tenía la pierna flexionada, la pierna se estiró y la bota del paracaidista fue a dar contra la espalda de su compañero. Los dos muertos.

Corrió a la chimenea principal. Todos los pichis parecían dormidos. Los recorrió con la linterna. ¿Estaban todos muertos? Sí, todos muertos. Los contó, tal vez alguno estaba afuera y se había salvado. Volvió a contarlos, veintitrés, más él, veinticuatro. Todos los pichis de esa época estaban ahí abajo y él debía ser el único vivo. Sintió mareo y reconoció el olor del aire, olor a pichi, olor a vaho del socavón y olor fuerte a ceniza. Era la estufa, el tiro de la estufa con su gas, que los había matado a todos y si no se apuraba lo mataría también a él. Le entró cansancio. Le pesaron las piernas. Debía salir. Pero correspondía averiguar si quedaba algún vivo, revisarlos, verles el pulso, mirarles los ojos con un rayito de luz de la linterna, sacudirlos; hacer algo.

Probó. Viterbo estaba muerto. El Turco tenía los ojos duros y secos, muerto. Buscó la cama del Ingeniero y alumbró. Estaba hecho una pelota abrazándose las piernas, pero el cuerpo se le notaba blando. Probó de abrirle un párpado y encontró abajo una materia blanca como huevo duro y nada más. Se quitó un guante y le colocó un dedo en la boca. La lengua estaba helada. Estaba muerto también él. Recogió el guante. Buscó su bolsa con todos los recuerdos de la guerra. Sintió que le venía más cansancio y mareo y trató de correr al tobogán.

Quiso salir despacio, para no respirar más aquel aire que había matado a todos. Después, afuera, lo entendió: los cables de las antenas de los británicos habían ayudado a la nieve a tapar el tiraje de la estufa; la ceniza acumulada abajo por desidia de Pipo –también en eso se les veía venir el fin– había hecho gas, el gas que no pudo subir los había envenenado a todos. Respiró el aire frío. Se le estaba pasando el mareo. Después, si lo recuerda bien, cree que lloró un poco.

Dejó el bolso apoyado sobre un montón de nieve y tapó con barro la entrada de la Pichicera. Después cubrió todo con nieve amarilla y nieve blanca. En lo que quedaba de junio seguiría nevando. Después, en julio, las nevadas más fuertes amontonarían más nieve y los derrumbes de la nieve irían metiendo cascotes de arcilla y barro y nieve dura por el tobogán, tapando todo. La estufa se apagaría muy pronto, ese mismo día, o al día siguiente, se acabaría el carbón o la ceniza terminaría de ahogar sus brasas porque en esa clase de estufa isleña la ceniza siempre acaba aplastando el fuego.

Cuando empiece el calor y los pingüinos vuelvan a recubrir las playas con sus huevos, cuando se vuelva a ver el pasto y las ovejas vuelvan a engordar, la nieve va a ir derritiéndose y el agua y el barro de la nieve rellenarán todos los recovecos que por entonces queden de la Pichicera. Después las filtraciones y los derrumbes harán el resto: la arcilla va a bajar, el salitre de las napas subterráneas va a trepar y los dos ingleses, los veintitrés pichis y todo lo que abajo estuvieron guardando van a formar una sola cosa, una nueva piedra metida dentro de la piedra vieja del cerro.

Apisonó la nieve de la entrada. Se arrepintió de no haber levantado más cigarrillos –tenía tres paquetes en el bolso– y pensó que fue por la costumbre de no sacar nada sin autorización de Pipo. Bajó el cerro fumando un 555 por el camino hacia la playa. Allí decidiría si ir para el pueblo o al campamento inglés. A los británicos habría que avisarles de los muertos de ellos y de la radio, ya perdida; en el pueblo estarían todos festejando con el nuevo comandante inglés: no podía decidir. Por la sorpresa, por la tristeza de saberse viviendo el último día y por la pesadez que le había contagiado el aire asfixiante de los pichis, no se podía decidir. Estaba el pedacito de cielo azul arriba –es cierto– y miró cómo se iba agrandando despacio entre las nubes bajas y plomizas. Tampoco ellas podrían decidir.

El mar estaba azul, con olas que corrían cargadas de espuma como corderitos, a favor del viento sur.

En la playa, el mismo viento levantaba remolinos de arena y valvas finas de mejillón y los iba arrastrando para el lado del pueblo. Volvió a prender un cigarrillo, pitó, sintió más seco el humo, lo sopló, miró cómo se deshacía entre los remolinos y decidió seguirlo y también él se dejó ir con el viento a favor, hacia el norte, hacia el lado del pueblo.

LA PRIMERA EDICIÓN DE ESTE LIBRO
SE ACABÓ DE IMPRIMIR
EL DÍA 18 DE FEBRERO DE 2010.

## Elizabeth Smart
## EN GRAND CENTRAL STATION ME SENTÉ Y LLORÉ

Esta novela autobiográfica, publicada por primera vez en 1945, y que muy pronto se convertiría en un verdadero libro de culto, siendo traducida a numerosos idiomas, narra con un lenguaje prodigioso, lleno de imágenes tan originales como potentes, la pasión de su autora por un hombre casado del que se enamoraría incluso antes de conocerlo personalmente.

«Explora la pasión entre un hombre y dos mujeres, una de ellas, la esposa; un amor tan desesperado como triunfante con el que el lector puede sentirse abrumado, en el que puede verse reflejado o incluso sentir envidia.»

*The Times*

«Recomendamos este libro no sólo por su uso del lenguaje, apasionado y sensual, sino en tanto que conmovedor soliloquio sobre el amor y el mundo contemporáneo.»

*Times Literary Supplement*

«La emoción, la aflicción verdadera y total consiguen conmover al lector.»

*London Review of Books*

«Nueva, intensa, franca, excelente... Una novela de nuestro tiempo.»

*Cyril Connolly*

«En algún momento todo buen lector siente el impacto de *En Grand Central Station me senté y lloré* y reconoce un tipo de emoción imprescindible, definitiva.»

*Michael Ondaatje*

«Libro de una bella intensidad, extrema y rara.»

*Enrique Vila-Matas*

«Es un canto que sintetiza el daño y el gozo; la sospecha de que el amor es la enfermedad de una niña rica; la reivindicación del derecho a vivir la sumisión y la rebeldía, la generosidad y el egoísmo, que alimentan las pasiones más allá de una moral castradora que, en este texto, se sitúa en la Arizona anticomunista e inquisitorial de los cuarenta. Años de una guerra que radicaliza y llena de significación la pasión de este libro bellísimo y verdadero.»

*Marta Sanz*

«Hermosa, poderosa y emocionante novela.»

*Javier Rioyo*

# Gordon Lish
# PERÚ

Hacia 1940 un niño de seis años mata a otro chico de la misma edad mientras juegan en la mejor casa del barrio, la de Andy Lieblich, el tercer niño de esta perturbadora historia de la que también forman parte una niñera, un chófer negro y algunos fascinantes personajes más, retratados siempre a través de la voz del propio narrador y protagonista, que ya adulto y padre de un hijo evocará aquella oscura historia de su infancia mientras ve en la televisión los sangrientos sucesos acaecidos en una cárcel de Perú.

Periférica publicará el resto de la obra de Lish a lo largo de los próximos años. A *Perú* le seguirán novelas como *My romance* (1991) o *Epigraph* (1996).

«Un gran paso adelante. *Perú* es una hazaña… Aquí está el primer Lish, con una voz como ningún otro.»

*Harold Bloom*

«Una novela hipnótica cuya potencia va en aumento: dibujada con una maestría que te atrapa.»

*Don DeLillo*

«Espectacular. Evoca con una inquietante viveza los sentimientos más oscuros de la infancia… Cautivadora, perturbadora, totalmente original.»

*Anne Tyler*

«Una de las novelas más tortuosas e impresionantes que he leído.»

*The Washington Post*

«Un libro increíble, obsesivo y fascinante.»

*The New York Times*